Le Maître du Contrôle

LES DIEUX DE VEGAS
TOME CINQ

SIENNA SNOW

CHAPITRE
Un

Aujourd'hui
Sebastian

J'étais un salaud. Je le savais. Et dans les minutes qui allaient suivre, elle aussi le saurait.

J'avais passé les derniers mois à séduire et à m'envoyer en l'air avec la femme que j'étais sur le point d'épouser.

La plupart des gens ne voyaient pas cela comme un problème, mais, d'un autre côté, ils n'avaient pas vécu cinq mois à se faire passer pour quelqu'un d'autre. Quelqu'un qui n'était pas ce démon qu'elle prenait pour son fiancé.

Je contemplai mon reflet dans l'antichambre de la cathédrale de Berlin, sachant qu'à la minute où son beau regard cobalt se poserait sur moi, il n'y aurait que deux issues possibles. La première, elle refuserait de se marier, ce qui déclencherait une guerre qu'aucune de nos familles ne pourrait se permettre. La seconde, elle m'épouserait et me détesterait pour le reste de ma vie.

Dans tous les cas, j'étais foutu. Et elle ne serait plus encline à me laisser lui faire l'amour.

Je n'étais pas le genre d'homme à montrer des faiblesses ou à se préoccuper de ce qui arrivait à autrui. La fin justifiait toujours les moyens. Aujourd'hui, j'allais perdre la seule chose qui comptait à mes yeux, en dehors de faire tomber l'empire dont mon père avait hérité sur les cendres de ma défunte mère.

— Sebastian, tu es prêt, fiston ? demanda une voix dans un allemand parfait dans mon dos.

Je reportai mon attention sur le grand brun qui me ressemblait plus que mon propre géniteur.

— Je suis prêt, lui dis-je avant d'inspirer un grand coup. Souhaite-moi bonne chance.

Mon oncle Fredrik m'étudia et secoua la tête.

— Tu as pris ta décision, garçon. Il est maintenant temps de faire face aux conséquences. Si tu songes à reprendre les rênes de ton père, tu ferais mieux d'épouser la fille Benz. Qu'elle te déteste ou non n'a pas d'importance. Tu m'entends ?

Fredrik était le seul membre de ma famille proche qui savait ce que j'avais fait. Je lui avais avoué le pétrin dans lequel j'étais, la dernière fois que j'avais vu ma future épouse. La culpabilité fait faire des choses folles aux gens. Notamment celle de raconter à mon oncle, qui était très à cheval sur le comportement, comment j'avais passé les derniers mois à mentir à la femme qui possédait mon âme.

Et je me retrouvais là, moi, l'homme qui n'avait jamais cru en l'amour, qui n'avait jamais cru en rien d'autre qu'en son but ultime, prêt à affronter le fait qu'il était sur le point de perdre celle qui lui donnait envie de plus que de vengeance.

— Je sais. D'une manière ou d'une autre, il y aura un mariage aujourd'hui.

J'espérais simplement qu'il ne serait pas contraint.

— Allons-y. Ton *Vater* attend.

Oui, mieux valait toujours éviter de faire attendre ce bâtard égoïste.

Je suivis mon oncle à travers les couloirs décorés de la cathédrale et je remontai l'allée jusqu'à l'autel. Le *Pater* Joseph attendait dans ses robes que j'approche.

Je lui avais confessé toutes sortes de péchés depuis l'enfance. Il comprenait parfaitement le milieu dans lequel ma famille évoluait et ne bronchait pas. Il exerçait également sur moi une pression particulière pour m'inciter à poursuivre des activités en dehors des affaires familiales.

Près de lui se tenait mon second et témoin, Lucas Flynn. Il secoua la tête en me voyant approcher, étant au courant de la tempête qui était sur le point d'être déclenchée. J'ignorais tout le monde dans l'église bondée, acceptant mon destin.

Le *Pater* Joseph fit un geste vers sa gauche, qui était la droite de l'église, et dit d'une voix chantante en allemand :

— Le Seigneur est avec vous. C'est un bon jour pour se marier.

Si seulement cet homme connaissait la vérité.

Je pris place et attendis. La musique des orgues démarra, et les portes s'ouvrirent.

À la seconde où la mariée apparut, ses yeux se posèrent sur moi. Son regard bleu foncé était empli de lucidité et de douleur.

J'étais bel et bien foutu.

CHAPITRE
Deux

Huit mois avant le mariage

Sebastian

— Tu vas l'épouser, quitte à ce que ce soit la dernière chose
que tu fasses.

Je jetai un regard vide à mon père, assis derrière son
bureau géant, les mains sur son ventre rebondi.

Il me fixait de ses yeux noirs, comme s'il était le maître
des lieux et qu'il valait mieux que je rentre dans le rang.

La dernière chose que j'avais faite avait été d'accepter de
m'unir à une princesse guindée, bien élevée et trop choyée
qui serait plus un handicap qu'un atout. Générations après
générations, chaque mariage dans la famille Weber était
organisé par le patriarche. Je me croyais libre, puisque Jonas
Weber n'en avait rien à faire de moi, ni de mon avenir.

De plus, je n'étais pas sur le marché matrimonial, et je
n'étais certainement pas d'humeur à céder à sa folie des

grandeurs en renouant avec une tradition familiale archaïque.

Oui, il était à la tête de *Weber International*, le conglomérat de construction capable de faire ou défaire n'importe quel projet de développement en Allemagne, mais il n'en était pas arrivé là sans mon aide.

Avant que je ne reprenne les opérations courantes, en mettant à profit mes relations et mes liens, Jonas Weber n'était rien de plus qu'un chef de la mafia berlinoise dont le rayonnement était limité en dehors de son territoire.

Mais, quand on l'écoutait parler, il donnait l'impression d'avoir créé à lui seul l'empire qu'il dirigeait fièrement. Si on l'avait laissé faire, la famille serait tombée aux mains de l'une des organisations rivales qui se disputaient la mainmise sur Berlin avant que je n'aie vingt ans.

Si mon grand-père, *Opa* Steven, ne m'avait pas fait promettre sur son lit de mort de maintenir la famille à flots, j'aurais tourné le dos à tout cela avant de commencer mes études en Amérique. Rien ne me retenait dans cette ville, dans cette famille, ou dans ce pays qui m'avait vu naître. Mon grand-père était mort, ma mère aussi, tout comme ma petite sœur.

Tout cela par la faute de l'ordure assise en face de moi.

La promesse que j'avais faite à *Opa* Steven était l'unique raison pour laquelle j'étais prêt à supporter les exigences de merde de mon père. Que quelqu'un d'aussi formidable que mon grand-père ait pu engendrer un fils grande gueule et je-sais-tout, qui restait assis sur son cul au lieu de se salir les mains, cela me dépassait. Je serais choqué de savoir que Jonas Weber savait seulement manier une arme.

— La dernière chose dont j'ai besoin, c'est d'une femme. Je refuse de me retrouver avec une débutante qu'on kidnappe en représailles envers notre famille.

— Ne discute pas avec moi. C'est décidé. Tu feras comme je le dis.

— C'est moi qui fais tourner l'entreprise. C'est moi qui mène la barque. Qu'est-ce qui te fait croire que je vais rentrer dans le rang sous prétexte que tu l'as ordonné ?

Je vis une lueur calculatrice apparaître dans les yeux de mon père.

— Je sais que tu feras comme je l'ai décidé, parce que tu veux la gloire. Tout ce que tu as fait jusqu'à présent, c'est en mon nom. Et si, un jour, tu veux avoir le contrôle total, tu épouseras la fille de Russo Benz.

— Hors de question.

Il abattit son poing sur la table.

— Tu vas le faire, et avec le sourire en plus. Je me fous que tu l'épouses et ne la sautes qu'une seule fois pour sceller l'accord, mais tu vas te marier avec elle.

— Donne-moi une seule bonne raison de faire comme tu l'entends. Je n'ai pas besoin de toi.

— Tu veux que je me retire. Je le ferai dans le mois qui suivra l'échange de vos vœux.

C'était trop facile. Il avait autre chose derrière la tête.

— Je n'y crois pas. Tu n'abandonneras jamais le pouvoir. Tu aimes trop ça.

Son visage prit un air renfrogné. J'étais le seul de son entourage à lui dire ses quatre vérités, et qui ne craignait pas qu'on mette un contrat sur sa tête. Les hommes qu'il pourrait engager pour me descendre m'étaient loyaux, et retourneraient leurs armes contre lui avant même de songer à me faire quoi que ce soit.

— Celui qui affirme qu'il n'aime pas le pouvoir est un menteur, dit-il avant de marquer une pause. J'ai un marché à te proposer.

— Je t'écoute.

Le rictus sur son visage me dit qu'il pensait avoir gagné ma coopération.

— Tu as passé les dix dernières années à essayer de savoir qui a assassiné ta garce de mère. Eh bien… Je vais te donner le nom.

Je contractai la mâchoire, luttant contre l'envie de le frapper.

— Et tu es le lâche qui a laissé sa femme et sa fille se faire violer et assassiner.

Je frappai son ego avec une froideur délibérée.

La meilleure manière d'atteindre Jonas, c'était de porter un coup calme et calculé. Il n'avait jamais eu assez de discipline ou de compétences pour parer ce genre de coups.

Opa Steven m'avait enseigné que la seule manière de gérer la famille était de garder les émotions enfermées, de ne jamais révéler aucune faiblesse et, surtout, de ne jamais laisser la colère guider ses décisions.

Le visage de Jonas devint écarlate. Parler de ma petite sœur, Hannah, c'était toucher la corde sensible. Elle était son unique amour, pas sa femme ni moi. Elle avait été la lumière d'une maison emplie de colère, d'exigences et de haine. Je n'avais jamais reproché à Hannah d'avoir échappé à la « discipline » que Jonas m'avait imposée pour faire de moi un homme. C'était elle qui me cachait quand il était énervé pour une raison ou pour une autre. Elle trouvait toujours un moyen de détourner notre père de moi.

— C'était la faute de ta mère si Hannah était avec elle ce jour-là. C'est elle la responsable.

— Et tu n'as rien fait pour les protéger, ni l'une ni l'autre.

Le jour où ma mère et Hannah avaient été enlevées, leur équipe de sécurité habituelle était en mission pour Jonas. À la place se trouvait un groupe de nouvelles recrues de la famille. Envoyer des types sans expérience pour escorter la femme d'un parrain de la mafia était plus que stupide et, pourtant, Jonas avait considéré que protéger la vie de son épouse n'était pas indispensable. Ce n'était la faute de personne si Hannah avait décidé de l'accompagner pour aller faire du shopping. D'après ce que j'avais appris après mon retour à la maison, c'était la sortie bihebdomadaire de Maman et d'Hannah, et Jonas aurait dû le savoir.

— Je n'avais aucun moyen de savoir qu'elle n'était pas avec son amant.

Jonas l'accusait en permanence de le tromper. Tout le monde savait que ce n'était pas vrai. Maman était sous surveillance jour et nuit à cause de la paranoïa de mon père.

À l'origine, elle avait été promise à mon oncle, le frère aîné de mon père, Andrew. Les deux étaient amis depuis l'adolescence et étaient tombés amoureux en grandissant. Leur alliance aurait été une manière parfaite d'associer des familles voisines. Quand Andrew avait été tué par un rival dans une guerre de territoire, *Opa* Steven avait modifié le contrat de mariage pour Jonas. Selon les croyances des deux familles, un fils valait aussi bien qu'un autre dès lors qu'il était question de maintenir la paix.

Ce ne fut qu'après le mariage qu'*Opa* Steven et tous les autres se rendirent compte de l'ordure sadique et dérangée qu'était Jonas. La femme pleine de vie que les gens décrivaient comme étant ma mère disparut, et les deux seules choses importantes dans sa vie devinrent Hannah et moi. Même si elle avait eu une liaison, je ne lui aurais pas reproché de chercher un semblant de réconfort dans le monde de violence dans lequel elle vivait.

— Il n'y avait pas d'amant. Il n'y a jamais eu rien d'autre que ta paranoïa, parce que ta femme avait aimé ton frère bien plus qu'elle ne s'était jamais souciée de toi. Tu avais l'occasion de les récupérer et, pourtant, tu es resté assis dans ce bureau et tu les as laissées se faire massacrer.

— Les Weber ne négocient pas. Arabella était au courant des risques qu'elle prenait en sortant au milieu d'une guerre.

La paix, tout du moins relative, dont la famille avait joui pendant vingt-cinq ans sous le règne d'*Opa* Steven avait disparu quelques mois après que Jonas eut pris le pouvoir.

— C'est exact, tu aimes prétendre que tu n'avais pas le choix en reportant sur la victime ton manque de courage.

Ça commençait à m'ennuyer. C'était notre mode de communication habituel. Jonas qui m'ordonnait de faire quelque chose, et moi qui l'ignorais. Pour une raison que j'ignorais, il ne m'avait pas jeté hors de son bureau après ma seconde réplique.

Autant y mettre un terme tout de suite. J'avais une mission à accomplir et me disputer avec cet enfoiré m'empêchait de me préparer. Si seulement j'avais pu dire à ce gros con qu'en plus de diriger l'entreprise qu'il avait négligée, je travaillais comme espion pour Interpol, cette même organisation qui cherchait à le faire tomber… Mes relations et mon poste me procuraient des accès que d'autres auraient mis dix fois plus de temps à acquérir.

J'étais sur le point de me lever et de dire à Jonas d'aller se faire voir avec ses plans quand il sortit une arme qu'il pointa dans ma direction.

Son visage était déterminé, mais il ne presserait pas la détente. Il avait trop besoin de moi. Je soutins son regard.

— Tu vas épouser cette fille. Tu vas étendre nos avoirs. Et tu vas rentrer dans le rang.

— C'est comme je te l'ai dit. Donne-moi une seule bonne raison de faire ce que tu demandes. De mon point de vue, la seule personne à qui cela profitera, c'est toi.

— Non, mon garçon, il s'agit de toi. À quel point as-tu vraiment envie de découvrir qui a tué Arabella et Hannah ?

— Pourquoi est-ce que ça t'importe maintenant ? Tu n'as jamais cherché à le savoir avant, et le temps que je puisse m'en occuper, la piste avait refroidi.

— Ce n'est pas vrai. Bien sûr que j'ai cherché. J'ai perdu ma petite fille. J'ai mis à contribution tous mes réseaux pour trouver les bâtards qui ont fait ça.

Sa voix se brisa, et je fus surpris.

C'était la première fois que j'entendais parler de ses recherches. Mais, d'un autre côté, à l'époque j'étais à l'université, aux États-Unis. Découvrir que Maman et Hannah avaient été tuées après avoir été kidnappées avait failli me détruire. Si *Opa* Steven ne m'avait pas caché la nouvelle de leur mort, j'aurais pris le vol suivant pour l'Allemagne au lieu de terminer mes examens.

Quand j'étais finalement rentré à la maison, je ne pouvais plus rien faire. Jonas s'était emporté en disant que Maman avait mérité son sort, mais pas son Hannah. Il n'avait pas montré la moindre volonté à trouver les tueurs, se contentant de rejeter la faute sur tout le monde, y compris moi.

— Mettons-nous simplement d'accord sur le fait que nous ne sommes pas d'accord. Tes efforts ont été plus que probablement bâclés, de la même manière que tu gères la famille.

— Fais attention à ce que tu dis, mon garçon. C'est toujours moi qui dirige, ici.

Il agita son pistolet avec des mouvements désordonnés, et je me dis qu'il pourrait très bien me tirer dessus plus par erreur que volontairement.

— Patron, intervint l'un des membres du service de sécurité de Jonas, en s'avançant derrière lui. Vous avez besoin de lui, Monsieur.

Même ses propres hommes savaient que si je n'étais pas aux commandes, ils n'auraient aucun avenir.

— Vas-y, fais-le, vieil homme. Rappelle-toi, si je survis, un seul mot de moi et ta vie prendra un tournant dramatique. Qui crois-tu que nos alliés vont suivre ? Toi, ou moi ?

Jonas reposa l'arme sur la table, faisant signe à l'un de ses hommes de la prendre. Celui-ci s'exécuta aussitôt et l'enveloppa dans un mouchoir.

— Pour mettre ton plan à exécution, tu irais à l'encontre des souhaits de ton cher *Opa* ? Ou bien les dernières volontés d'un mourant ne signifient-elles donc rien pour toi ?

Comment pouvait-il être au courant de cette promesse ? J'étais seul quand il m'avait fait jurer de garder la famille intacte. Ce qui, dans le monde d'*Opa*, signifiait que Jonas devait diriger l'entreprise jusqu'à la naissance de la génération suivante. Alors, et seulement à ce moment-là, j'aurais récupéré les rênes, même si je dirigeais tout en coulisse.

— Tu as mis des mouchards dans sa chambre. Cet homme t'a construit un empire, et tu ne lui as pas montré le moindre respect, même à la fin.

— *Cet homme*, comme tu dis, n'était pas le saint que tu veux croire. Il avait les mains aussi sales que le reste d'entre nous. Les gens ne le respectaient que par peur.

Et Jonas était probablement le plus malfaisant de tous. Un jour prochain, le monde tel qu'il le connaissait s'effondrerait. J'étais en train d'en construire les fondations, pierre par pierre.

— Nous tournons en rond. Ma réponse à ta proposition est non.

Je me levai de mon siège et m'avançai vers la porte.

Au moment où mes doigts entourèrent la poignée, Jonas lança :

— Ce n'est pas moi qui ai arrangé ce mariage. Je ne suis que celui qui fait respecter le contrat.

Je me retournai : je ne croyais pas un seul mot sorti de sa bouche. Toute cette conversation n'avait été qu'une perte de temps. J'avais une mission à accomplir en Italie, et mon jet était prêt à décoller dès mon arrivée sur le tarmac.

— Et qui l'a arrangé ?

— Arabella et ton *Opa*. La preuve est ici, dit-il, sortant une enveloppe qu'il jeta sur la table.

Je revins jusqu'au bureau, la récupérai et l'ouvris. Je n'arrivais pas à croire ce que j'étais en train de lire.

Dix ans plus tôt, quelques mois seulement avant la mort de Maman, *Opa* Steven, avec elle comme témoin, avait signé un contrat de fiançailles entre Eloisa Benz et moi. Il s'agissait également d'un accord visant à combiner tous les territoires des Benz, allant de Berlin à la mer baltique et à l'ouest de la mer du Nord, avec les possessions des Weber. Ce mariage créerait le plus grand territoire contrôlé en Allemagne.

Je me passai une main dans les cheveux. Ce n'était pas possible. Il devait y avoir une solution. Putain, nous étions au XXIe siècle.

Ce fut alors que les paroles d'*Opa* résonnèrent dans ma tête.

— *Promets-moi de préserver la famille et de ne pas t'écarter des plans que j'ai mis en marche. Il y a des choses que tu ne comprendras pas et que tu refuseras de faire, mais tu dois aller jusqu'au bout. Promets-le-moi, mon garçon. Permets-moi de retrouver ton* Oma *en sachant que l'avenir de notre famille est assuré.*

Merde, merde, merde !

Je n'avais pas le choix. Je ne revenais jamais sur ma parole. Il fallait que j'épouse cette Eloisa Benz. Que Dieu nous vienne en aide à tous les deux. La dernière chose dont une femme aurait dû avoir envie, c'était de rejoindre ma famille.

CHAPITRE

Trois

Isa

— Isa, où étais-tu ? me demanda ma grand-mère en me poussant vers le bureau de mon père. Tout le monde te cherche.

Je me pinçai l'arête du nez. Je n'avais pas assez dormi et je n'étais pas d'humeur à me préoccuper de ce que j'avais pu mal faire aujourd'hui. J'aurais aimé être la débutante que mes parents auraient voulu que je sois, mais ce n'était tout simplement pas moi. Ainsi, le mieux pour moi était de faire semblant. Enfin, du moins, en public.

— Je te jure, *Oma*. Cette fois-ci, je n'ai rien fait.

Elle haussa le sourcil droit d'un air sceptique.

— *Hasi*, tu sais aussi bien que moi que tes intentions sont innocentes, mais le résultat laisse à désirer.

J'aurais dû me vexer que ma grand-mère me qualifie de lapin doux et tendre à vingt-cinq ans, mais c'était là le surnom affectueux qu'elle me donnait depuis que j'étais un bébé rondouillard qui savait à peine marcher sur ses jambes potelées.

— Papa ne se vexe que parce que je ne fais pas ce qu'il dit. Les femmes peuvent travailler et accomplir des choses, même si elles ont la possibilité de ne pas le faire.

— Ce n'est pas fini, Isa. Tu n'es pas comme les autres filles. Si tu te faisais blesser ou enlever, cela détruirait notre famille.

Mes épaules se voûtèrent. J'avais entendu cela presque tous les jours de ma vie. C'était mon fardeau en tant qu'enfant unique de Russo Benz, en plus du fait que j'étais une femme. Si j'étais née avec le bon genre, aucune des restrictions avec lesquelles je vivais ne m'aurait été imposée.

— Je ne suis pas aussi faible que tout le monde le croit.

Au lieu de me répondre, *Oma* m'embrassa sur le front et me poussa en direction du couloir menant au bureau de Papa.

C'était peine perdue d'essayer de faire comprendre à mon *Oma* que j'aspirais à autre chose dans ma vie que de trouver un bon parti ou d'établir de bonnes relations sociales.

Le monde qui nous entourait s'était modernisé, mais les familles du crime organisé qui avaient des générations d'histoire n'avaient pas évolué. Je savais sans le moindre doute que, si quelqu'un avait vent de ce que je faisais régulièrement, Papa m'enfermerait dans cette maison et mettrait un de ses gardes sur mon dos en permanence. Heureusement, la protection qu'il m'avait assignée depuis que j'avais cinq ans m'était loyale. De plus, je leur payais un supplément de salaire par rapport à ce que Papa leur versait pour qu'ils gardent mes secrets.

Je m'approchai de la porte en bois surdimensionnée de son bureau et frappai.

— Entre, *Schatz*, me cria-t-il depuis l'autre côté.

Personne n'aurait pu croire que l'homme connu pour le contrôle impitoyable qu'il exerçait sur son territoire depuis plus de vingt-cinq ans donnait de petits surnoms à sa fille.

J'entrai, m'attendant à ce que Papa soit seul, mais Maman était assise sur une chaise en face de lui. Elle se tordait les mains et refusait de me regarder dans les yeux. À en juger par son visage bouffi, elle avait pleuré, et Papa ne semblait pas mieux.

Je plissai les yeux alors que mon inquiétude s'accroissait. Maman pleurait rarement, voire jamais.

— Qu'est-ce qui se passe ? Il y a un problème ?

— C'est toi qui as fait ça. C'est toi qui le dis à Isa, lança Papa à Maman.

La colère dans sa voix m'indiqua que, quoi qu'il se passât, cela avait été fait derrière son dos.

— La dernière chose que j'ai jamais voulue, c'est que quiconque dans cette famille s'approche de ma fille.

Bon sang, mais que se passait-il ?

— Maman. Qu'est-ce que tu as fait ?

Des larmes dévalèrent ses joues.

— D'abord, sache que j'ai accepté ça quand ton *Opa* était en vie. Je ne m'attendais pas à ce qu'Arabella meure. Sinon je n'aurais jamais accepté le contrat.

Arabella ? Elle ne pouvait pas parler d'Arabella Weber. C'était la meilleure amie d'enfance de Maman, mais elles avaient perdu le contact quand elle avait épousé Jonas Weber. Maman disait que si son premier fiancé avait vécu, elle aurait été heureuse, au lieu de mener une vie misérable auprès de son mari. Le fait qu'elle avait été enlevée et assassinée sans qu'il n'ait rien fait pour la sauver le prouvait.

Est-ce que Maman venait de dire « contrat » ? C'était quoi, ce bordel ?

— Je ne te suis pas. Quel contrat ?

Maman sortit un mouchoir de la boîte posée sur le bureau de Papa et se tamponna les yeux.

— Crache le morceau, Christina.

— Je… Je… hésita-t-elle.

— Oh, pour l'amour du Ciel ! Ta mère et ton grand-père ont arrangé ton mariage avec Sebastian Weber. Je n'étais pas au courant des détails jusqu'à ce que Weber nous transmette le contrat en disant qu'il était temps.

— Vous plaisantez. Je ne vais pas me marier. Je ne connais même pas cet homme.

Il fallait vraiment être totalement à côté de la plaque pour imaginer que j'irais accepter ça sans discuter.

— Ce n'est pas tout. L'épouser signifie que nos familles seront unies. Étant donné que je n'ai pas de fils, celui de Weber prendra la tête de ma famille à ma mort. Ce qui veut dire que l'enfant que tu auras avec lui finira par tout diriger.

Cela ne pouvait pas être vrai. Plus personne ne faisait ce genre de merde. Non, ce n'était pas vrai… Personne dans le monde extérieur aux familles comme la mienne ne faisait plus ce genre de merde. Mais, jamais je n'aurais imaginé que Maman serait d'accord avec ça.

— Je ne comprends pas. Pourquoi *Opa* aurait-il fait ça ? Pourquoi ? demandai-je à ma mère d'un ton accusateur. J'avais quinze ans quand ce truc a été rédigé. Et il devait avoir... Je ne sais même pas quel âge avait ce type.

Elle avait les yeux emplis de tristesse, mais je n'en avais rien à faire. Elle ne m'avait jamais rien dit, ne nous avait jamais rien raconté et elle avait mis toute notre famille sur la sellette. J'avais mal au cœur. Depuis mon adolescence, elle savait que je ne serais pas une fille traditionnelle. J'étais l'exact opposé d'une princesse bien élevée.

Au lieu de répondre à mes questions, elle dit :

— Il avait dix-neuf ans.

— Était-il au courant de ça ? Est-ce que, toutes ces années, j'étais fiancée ?

— Il n'était pas au courant, expliqua Papa. Il est sur le point d'apprendre la même nouvelle que toi.

— Ça ne peut pas avoir de valeur contraignante. Ce n'est pas légal.

Je refusais d'accepter ceci comme étant mon sort. Mais, au fond de moi, je savais qu'il n'y avait pas moyen de s'en sortir.

— *Schatz*, je suis désolé. Le contrat a été rédigé par les chefs de nos familles. Notre honneur en dépend. Ton *Opa* l'a voulu et a fait en sorte que nous... Que *tu* ne puisses pas refuser.

Ma colère explosa.

— Qu'est-ce que ça veut dire ?

— Que si tu refuses, notre entreprise, nos avoirs, tout sera transféré aux Weber. Cette partie est tout à fait légale.

Si tu acceptes, un fonds de 150 millions d'euros sera transféré à nos noms. Le tien et le mien.

— Et si lui refuse ?

— Il n'en fera rien, me dit Papa sur un ton qui me fit penser que Sebastian Weber était aussi mauvais que son père. Il est sur le point d'hériter de tout. En substance, il contrôlera la moitié de l'Allemagne, et certaines parties de la Pologne et des Pays-Bas. Personne ne refuserait une telle offre. De plus, Jonas Weber héritera lui aussi d'un fond en tant que chef de famille retraité.

Mon estomac se serra. Je ne voulais pas cet argent. Je n'en avais pas besoin. Je gagnais assez pour subvenir à mes besoins.

Rien de tout cela n'avait d'importance. Pour ma famille, j'allais épouser quelqu'un que je n'avais jamais rencontré, dont je ne savais rien et dont je ne pouvais que deviner le côté sombre. De qui me moquais-je ? La plupart des hommes élevés dans notre monde n'étaient ni gentils ni tendres. Ils étaient impitoyables, prenaient ce qu'ils voulaient et n'avaient aucun scrupule à employer la force, mortelle ou non.

Papa avait toujours été l'exception à mes yeux. D'un autre côté, je me concentrais uniquement sur celui qui m'avait élevée. Pas sur le mafieux qu'il était, avec un territoire qu'il avait étendu et gardé sous contrôle en se servant de la force nécessaire pendant vingt ans. Papa était fou de moi. Il aurait adoré avoir plus d'enfants, surtout un fils. Mais son amour pour Maman l'avait empêché de divorcer ou de prendre une maîtresse qui aurait pu lui en donner.

— Je ne le ferai pas, annonçai-je d'un ton sec. Je ne suis

pas une enfant à qui on donne des ordres. J'ai une vie, Papa. Je ne suis pas prête à épouser qui que ce soit.

Papa plissa les yeux, et j'eus un aperçu du patron que tout le monde craignait.

— Tu le feras. Je ne vais pas laisser un simple mariage détruire tout ce que j'ai construit au fil des années. Jusqu'au jour de notre mort, j'ai bien l'intention de maintenir notre famille unie. Nous devons tous faire des sacrifices. Tu feras celui-là.

— Mais Papa…

— Isa, assez ! s'exclama-t-il, et je sursautai. Je me suis bien trop longtemps montré indulgent envers toi. Tu le feras pour notre famille. Tu l'épouseras. Et tu useras de tous les moyens nécessaires pour faire pression sur lui. C'est lui qui me sera redevable, pas l'inverse.

Je me contentai de regarder mon père, sans arriver à croire le changement qui s'était opéré en lui. Il ne m'avait jamais parlé de cette façon.

Certes, j'avais grandi dans une vie de luxe et j'avais été choyée, mais j'étais allée à l'école. Bon sang, j'avais même fait des études supérieures ! Et à Oxford, en plus. Je m'étais forgé une carrière en tant qu'experte en art, spécialisée dans l'évaluation et l'authentification. J'étais capable de distinguer un vrai d'un faux sans sourciller, quelle que soit la qualité de la copie. Ce n'était pas le plus glamour des boulots, mais il me permettait de travailler quand je le souhaitais et m'accordait la liberté de me concentrer sur ma véritable entreprise, une dont mon père ignorait l'existence. Mais je l'avais fait. J'avais réussi dans un domaine dominé par les hommes.

Cela m'exaspérait de voir que ma valeur tenait à mon physique, mon pedigree, ma famille. J'avais eu envie d'être ce fils que Papa n'avait jamais eu, et il m'avait fallu un certain temps pour accepter le fait que je n'avais pas la moindre chance de reprendre l'empire familial. Cela faisait des générations que les choses étaient menées de manière patriarcale et ça n'allait pas changer de si tôt. Mais jamais je n'aurais imaginé *ça*.

— Laissez-moi résumer les choses. Vous voulez que je vende mon corps à quelqu'un que je n'ai jamais rencontré, et que j'emploie des ruses sexuelles pour le captiver et découvrir ce que vous pourriez utiliser comme moyen de pression pour qu'il reste dans le rang. En d'autres termes, je suis une prostituée vendue par ma mère et mon grand-père au plus offrant.

J'étais incapable de dissimuler la colère que je ressentais à l'égard de Maman, et j'ignorai la grimace qu'elle fit en m'entendant.

Papa serra les dents. Parfait, j'avais touché un point sensible et il n'avait pas apprécié ce que j'avais dit. Il pouvait user de ces manières froides et insensibles avec les autres, mais je savais que mon Papa était toujours là, sous le masque qu'il affichait devant mes yeux.

— Isa, je n'ai pas non plus eu le choix d'épouser ton père, me murmura ma mère tout bas. Mais nous avons appris à nous aimer.

— Je ne veux rien entendre.

Je me levai. Il fallait que je sorte d'ici avant de perdre mon côté gentil.

— Vous saviez ce que je ressentais. Vous saviez que je

n'étais pas cette fille qui fait ce que tout le monde attend. Je ne veux plus vous voir. Ni l'un ni l'autre.

Je jetai à mon père un regard plein de colère et vis un éclair de regret dans ses yeux avant qu'il ne les détourne.

J'avais envie de m'enfuir et de me cacher, mais où pouvais-je aller ? De plus, je n'avais jamais été du genre à fuir les problèmes.

Je tournai les talons et m'avançai vers la porte.

À la seconde où mes doigts se refermèrent sur la poignée, Papa dit :

— Tes fiançailles sont fixées. Tu deviendras Eloisa Weber au printemps prochain.

Je me figeai. C'était dans huit mois.

Prenant une profonde inspiration, je lui jetai un regard par-dessus mon épaule.

— Alors, je suppose que je ferais mieux de commencer à profiter de la dernière partie de ma vie telle que je la connais. Et je ne veux pas rencontrer cet homme avant le jour de mon mariage. La dernière chose dont j'ai envie pour les huit prochains mois, c'est d'avoir le rappel constant de qui détiendra ma liberté.

Trois mois plus tard
  Sebastian

— Ravi de vous revoir en ville.

Un grand homme, en costume sur mesure, s'approcha de moi alors que j'entrais dans le *Verberne Schutzer*, l'un des plus récents clubs *underground* de Berlin. À moins de connaître quelqu'un, ou d'y être invité, jamais personne n'entendait parler du club ou n'y était admis. Ce n'était pas le genre d'endroit où une file d'attente s'étirait à l'extérieur, et quiconque apprenait son existence et tentait d'y entrer était accueilli par des videurs qui étaient plus que ravis de lui expliquer qu'il n'était pas le bienvenu.

Je serrai sa main tendue.

— C'est bon de vous revoir, Justin.

— Je vois que vous avez pris un peu le soleil. Ce doit être un changement agréable par rapport au temps qu'il fait ici. Laissez-moi deviner : vous étiez étendu sur une plage tropicale avec des cocktails et entouré de jolies demoiselles ?

Si seulement il savait. J'avais encore les côtes douloureuses depuis ma dernière mission, et je venais de perdre mon meilleur ami et partenaire, Adrian Kipos. Cet enfoiré avait décidé de prendre sa retraite, ce qui signifiait qu'il me laissait en plan. Je ne pouvais pas le lui reprocher. Il s'était remis avec la seule femme qu'il avait jamais aimée et il savait pertinemment que, pour avoir un avenir avec elle, il devait abandonner ce mode de vie. Mais cela signifiait aussi que j'avais perdu l'unique homme en qui j'avais une confiance aveugle pour assurer mes arrières.

Adrian et moi avions débuté dans nos agences respectives juste après l'université. En tant qu'américain, Adrian avait signé avec la CIA, tandis que ma route m'avait mené jusqu'à Interpol. Nous avions nos raisons pour emprunter ces voies, la mienne étant celle de faire tomber l'homme qui avait laissé mourir ma mère.

— On pourrait dire les choses comme ça.

— Je suis ravie d'avoir pu vous convaincre de venir voir le nouveau club. Le Boss s'est surpassé avec celui-ci, dit-il avec un geste vers la droite. Laissez-moi vous installer à une table. Je vais voir si le Boss est disponible pour vous voir.

Oh, j'allais rencontrer « le Boss », très bien. Je voulais avoir si les informations que j'avais recueillies étaient conformes à l'image publique. C'était elle, la véritable responsable, et il valait mieux la considérer comme une cible.

Nous empruntâmes un couloir faiblement éclairé jusqu'à nous retrouver devant une lourde porte en métal. Justin scanna l'empreinte de son pouce sur un lecteur et les portes s'ouvrirent, laissant exploser le rythme hip-hop de la musique du DJ.

— Qu'en pensez-vous ? me demanda-t-il alors que nous entrions dans le club.

Je n'avais vu qu'un seul autre lieu présentant ce type de lignes épurées et de contrastes marqués de couleurs claires et foncées. C'était l'un des clubs de Vegas dirigé par les frères milliardaires Lykaios. La seule chose qui rendait cet endroit différent était l'ambiance sexuelle flagrante. De subtiles sculptures, mettant en scène des couples, intimes, mais chastes, étaient disposées un peu partout. C'était une provocation pour les sens, comme si l'on était entré dans un club libertin au lieu d'un club de danse.

— C'est vraiment unique. Pas le genre de chose auquel on s'attend. Mais, d'un autre côté, je crois que c'était l'effet que votre Boss cherchait à faire aux clients.

Justin sourit.

— Exactement. Le Boss a la manière de créer une atmosphère à l'opposé de ce qui est considéré comme la norme.

— Un rebelle dans le monde du divertissement.

Nous nous arrêtâmes près d'un ensemble de canapés stratégiquement placés en vue de la piste de danse, mais suffisamment loin pour offrir un petit semblant d'intimité.

— C'est la seule manière de se démarquer. Voilà. Mettez-vous à l'aise. Nikita sera ici dans quelques instants pour prendre votre commande. Je vais aller trouver la Boss et lui demander de venir.

Je hochai la tête. Je n'étais pas sûr que Justin se soit rendu compte qu'il venait de dire « la » en parlant de son patron. Il était de notoriété publique que la propriétaire faisait profil bas, sans jamais laisser filtrer le fait qu'elle était une femme dans un secteur dirigé par des hommes, surtout en Allemagne. Le monde des boîtes de nuit était aussi impitoyable que celui dans lequel j'avais grandi. Mais, d'un autre côté, « le Boss » avait autant d'expérience dans la vie que moi.

Je commandai ma boisson et observai les clients du club. La plupart étaient des nantis, pas les habitués des clubs *underground*. Ces gens étaient riches. Ils étaient vêtus de manière décontractée, mais la qualité et les marques de leurs vêtements en disaient long.

Alors que je regardais le décor, j'étudiai plus attentivement les sculptures. Elles ne ressemblaient pas à de simples copies de modèles d'artistes antiques. L'une d'elles en particulier ressemblait exactement à quelque chose que j'avais repéré dans un catalogue de vente aux enchères, peu de temps auparavant. Soit « le Boss » avait de l'argent à dépenser, soit il avait commandé une réplique identique.

Le DJ changea le rythme de la musique pour passer à du hip-hop techno, un son populaire en Europe. La foule s'épaissit alors que les gens essayaient de trouver des coins pour s'abandonner dans les sons qui sortaient des haut-parleurs soigneusement dissimulés.

— Avez-vous besoin d'autre chose, Monsieur ? me demanda Nikita en posant mon verre devant moi.

Je secouai la tête, et elle partit.

Ce fut alors que je la vis.

Elle n'avait rien de la princesse bien habillée et bien élevée que j'avais vue en photo, ni du garçon manqué en pantalon bouffant qui quittait le stand de tir après s'être entraîné pendant des heures.

Elle était belle à couper le souffle, séduisante, avec une aura d'innocence qui donnait à un homme l'envie de la protéger.

Elle était tout bonnement magnifique.

Son regard se posa sur moi, et ma respiration se bloqua dans ma poitrine. Elle m'avait coupé le souffle.

Je n'arrivais pas à croire que c'était la femme que ma mère et *Opa* avaient choisie pour moi.

Ses cheveux noirs retombaient en grandes vagues et encadraient des yeux si bleus qu'ils semblaient presque artificiels. Et ses lèvres… Elles étaient pleines, boudeuses, et me donnaient des visions de leur usage parfait. Sa robe ajustée était suffisamment classique pour ne pas trop en dévoiler, mais assez tendance pour être dans l'air du temps.

Avalant une dernière gorgée de mon whisky, je me levai du canapé et me dirigeai vers elle.

Elle m'observa pendant que je la regardais, soutenant mon regard. J'y lus du défi et de l'intérêt.

Quand je fus à une trentaine de centimètres d'elle, je lui tendis la main sans rien dire.

Après un instant d'hésitation, elle glissa sa paume dans la mienne.

Ce premier contact fut électrique et mon sexe réagit aussitôt. Elle haleta et je vis le désir monter dans ses iris cobalt foncé.

Oh bordel ! Qu'était-il en train de se passer ?

Cette attirance n'avait rien de comparable avec ce que j'avais déjà vécu. Mon côté homme des cavernes avait envie de la balancer par-dessus mon épaule et de l'emmener quelque part où je pourrais m'enfouir profondément en elle et lui faire crier mon nom quand elle jouirait.

Ce n'était pas ce à quoi je m'étais attendu quand j'avais eu l'idée saugrenue de rencontrer ma future épouse.

J'enroulai mes doigts autour de sa petite main presque trop délicate, et la guidai vers la piste de danse. Alors que nous nous frayions un chemin à travers la foule, je remarquai que les gens s'écartaient dès qu'ils la voyaient. Tout le monde semblait savoir qui elle était.

Je m'arrêtai au milieu des corps dansants, me tournant pour lui faire face. Elle s'avança vers moi et glissa son bras libre autour de mon cou. Libérant ma prise, je passai un bras sur sa taille, l'attirant plus près de moi, et posai l'autre sur son dos.

La musique résonnait autour de nous tandis que nous nous mouvions ensemble sans qu'aucun de nous ne parle, laissant simplement cette étincelle entre nous mener la danse. La pression de son corps contre le mien ne laissait aucun doute sur le désir qui me parcourait.

Si je ne me montrais pas prudent, cette femme me mènerait par le bout… du nez.

Elle sentait incroyablement bon, un soupçon de fleurs et d'épices. Je résistai à l'envie d'empoigner ses cheveux et de dégager son cou pour mieux la renifler.

Était-elle aussi affectée par moi que je l'étais par elle ?

— Pourquoi me regardez-vous comme ça ? me demanda-t-elle, rompant le silence entre nous.

— J'essaie de vous comprendre.

— Qu'y a-t-il à comprendre ? Je suis une femme qui profite d'une soirée dans une boîte de nuit.

Elle glissa contre moi au rythme du mix du DJ, et je faillis gémir.

— J'ai du mal à le croire, *Boss*.

Je lui adressai un sourire entendu, qu'elle me rendit.

— Donc, vous êtes le VIP que Justin voulait que je rencontre ?

— Je suis ravi que nous nous soyons rencontrés ainsi, et non dans le cadre de votre entreprise.

— C'est-à-dire ?

Elle jouait avec moi.

— À la manière d'un homme qui trouve une femme attirante et ressent une alchimie instantanée.

Son souffle se bloqua, mais elle essaya de le masquer.

— Dites-moi que vous ne la ressentez pas.

Je la collai contre moi, rapprochant son visage du mien.

Elle se lécha les lèvres en soutenant mon regard.

— Je ne peux pas.

— Pourquoi pas ?

— Parce que rien ne peut en résulter.

— Je ne suis pas d'accord.

Avant que je ne puisse en dire plus, un groupe de femmes se déplaça vers nous et l'une d'elles heurta mon épaule.

Presque aussitôt, un homme géant s'avança dans notre direction. Eloisa secoua la tête, et il reprit son poste près d'un pilier.

Une équipe de sécurité épiait tous ses mouvements.

J'aurais dû m'y attendre. Benz n'allait pas laisser sa princesse sans surveillance. Cependant, j'avais du mal à croire qu'il était au courant ou qu'il aurait permis à sa fille de travailler dans le business coupe-gorge des boîtes de nuit.

— C'est un endroit agréable. Différent. Je me serais attendu à ça de la part des frères Lykaios à Las Vegas.

Tout le monde dans l'industrie du divertissement savait qui ils étaient. Ils avaient fondé un empire qui répondait à toutes les attentes de Las Vegas, des casinos aux complexes hôteliers en passant par les événements sportifs, les spectacles et les boîtes de nuit. Chaque frère avait sa spécialité, et la vie nocturne était le domaine de prédilection de Hagen Lykaios.

Elle m'adressa un sourire brillant qui rendit sa beauté encore plus éblouissante.

— Je vais prendre cela comme un compliment. Je ne peux qu'espérer rencontrer le même succès que Hagen Lykaios. Tout comme ses propriétés, aucune des miennes ne ressemble à l'autre. Chacune a une allure différente, mais avec un style plus européen.

Son enthousiasme pour son entreprise me fit comprendre qu'il ne s'agissait pas d'un simple hobby pour elle, mais d'un véritable projet qu'elle voulait mener à bien.

— Combien en possédez-vous ?

— Je ne vous connais pas assez bien pour vous divulguer cette information.

— Alors, apprenez à me connaître.

— Vous n'êtes pas du genre à abandonner.

— Jamais personne n'a réussi en abandonnant.

La musique changea, et elle se recula.

— Merci pour la danse.

— Je veux vous revoir, lui dis-je alors qu'elle se tournait pour s'en aller.

Elle marqua un temps d'arrêt avant de me faire de nouveau face.

— Je ne peux pas.

— Pourquoi pas ?

Elle ferma les yeux une seconde, poussant un soupir résigné.

— Parce que je suis promise à quelqu'un d'autre.

Eh bien. Je ne m'attendais pas à ce qu'elle dise ça. Elle disait la vérité, n'inventait rien.

— Promise ? Genre, *fiancée* ?

— Oui, exactement.

Elle contracta la mâchoire, et je compris qu'elle était aussi ravie de m'épouser que je l'avais été à l'idée de me marier avec elle.

— Cela ne semble pas vous ravir. Je croyais que les femmes étaient excitées quand elles étaient sur le point de se marier.

Elle déglutit, et j'attendis d'entendre sa réponse.

— Le mariage a été arrangé. Je ne l'ai jamais rencontré. Et cela n'arrivera pas avant le jour de notre mariage.

— Est-ce que ce n'est pas un peu archaïque ? De nos jours, personne n'organise de mariage arrangé. Et si c'était le cas, le couple se rencontrerait au moins avant le grand jour.

— Le monde d'où je viens n'est pas moderne. Il ne respecte pas les règles de la société. C'est moi qui ne voulais pas d'une rencontre. Quelle différence cela ferait-il de toute façon ? Toute objection à notre union est sans importance. Sinon, nos familles en subiront les conséquences.

— À vous écouter, on dirait que votre famille fait partie de la mafia, et qu'il est question de territoire.

Elle m'avait balancé la vérité, j'allais faire de même.

— J'ai accepté mon sort. Je suis désolée que nous ne nous soyons pas rencontrés plus tôt. Nous aurions pu voir où ceci… commença-t-elle avant de faire une pause, ce truc entre nous aurait pu nous mener. Merci pour la danse.

Alors qu'elle s'éloignait, je lui attrapai le bras.

— Qu'en est-il de l'amitié ?

— L'amitié ? répéta-t-elle, plissant le front d'un air confus. Je ne vous suis pas.

— Et si nous étions amis ? Rien de plus. J'aimerais apprendre à vous connaître.

— Je n'ai pas beaucoup d'amis masculins, répondit-elle, baissant les yeux vers l'endroit que je tenais, la chaleur de sa peau pénétrant la mienne. En plus…

— En plus, quoi ?

Elle leva son regard vers le mien.

— Cela ne marcherait pas. Je ne sais pas comment être amie avec une personne qui m'attire.

— Vous êtes très directe.

— C'est ma manière de faire. Si je ne l'étais pas, tout le monde ne verrait que les apparences, et la façade que ma famille a forgée pour moi.

— Donc, vous savez que vous êtes belle ?

— Je ressemble à ma mère, donc oui. Ce qui ne signifie pas que je veuille qu'on estime ma valeur en fonction de cela.

Il y avait une pointe de colère dans son ton : c'était un sujet sensible.

— Donnez-moi votre nom, au moins.

— Isa, répondit-elle en jetant un coup d'œil à sa montre. Il faut que j'y aille.

Il y avait une pointe de panique dans sa voix. Je voulais insister, mais je ne pouvais pas. Je n'avais aucun droit sur elle. Enfin, pas qu'elle sache.

— Je m'appelle Baz.

— Ce n'est pas courant.

— C'est ma mère qui m'a donné ce surnom.

— Que signifie-t-il ?

— Pour le savoir, il faudra que vous me retrouviez pour un café, demain.

Elle secoua la tête.

— Je ne peux pas.

— Bien sûr que si, vous pouvez. Retrouvez-moi chez *Emma* vers 14 heures, demain. Je suis certain que vous savez où cela se trouve, puisque c'est au coin de cette rue.

— Je ne serai pas là.

— Je peux toujours espérer.

Je soutins son regard en relâchant ma prise sur sa main ; puis me tournai, machant vers les portes menant à la sortie.

Cinq

Isa

Je rentrai dans mon appartement vers 4 heures du matin pour m'accorder quelques heures de sommeil. J'étais épuisée après une nuit bien occupée à éteindre un incendie après l'autre, ce qui était à prévoir quand on ouvrait un nouveau club. Et j'étais plus qu'un peu perturbée par ma rencontre avec Baz.

Il fallait que ce soit après mes fiançailles que je rencontre quelqu'un qui me touche à ce point.

Baz me donnait l'impression qu'il pouvait voir tout au fond de moi, au creux de mon âme. Là où je gardais tous mes secrets.

Et il voulait qu'on se retrouve pour prendre un café. En amis.

Était-ce même possible avec un homme qui nous attirait ?

J'entrai directement dans ma chambre, tirant sur la fermeture éclair du côté de ma robe. Au moment où je passai le tissu de créateur par-dessus ma tête, mon téléphone sonna.

Jetant au passage le vêtement sur une chaise proche, je retournai au salon où j'avais laissé mon sac à main.

La sonnerie s'interrompit.

Sortant mon portable, je vérifiai l'écran et gémis.

Oma.

J'allais avoir droit à une longue leçon. Autant me mettre à l'aise.

Rapidement, je me rendis dans mon dressing, attrapai un short et un débardeur, les enfilai, puis rappelai *Oma* en me glissant dans mon lit.

— Où étais-tu passée ? Tu devrais être au lit, pas à courir partout en ville ! Tu es fiancée, pour l'amour du Ciel !

Son irritation était palpable.

Je devais bien admettre que je n'avais pas rendu les choses faciles à ma famille. À moins d'être contrainte de leur rendre visite pour un dîner ou une réunion, je les évitai. Et même lors de ces occasions, je réduisais la conversation au minimum et trouvais une excuse pour partir tôt. Je voulais profiter de toutes les libertés possibles avant de devenir *Frau* Sebastian Weber.

Le plus triste dans tout cela, c'était que je passais surtout mes nuits à travailler. Certes, c'était dans mes nombreuses boîtes de nuit, mais c'était quand même du travail.

— Bonjour, *Oma*. Pourquoi es-tu contrariée ? Je *suis* au lit. Il est un peu tôt pour m'appeler pour papoter.

Je bâillai, sentant que le sommeil n'était pas bien loin.

— N'essaie pas de me mentir. Je ne suis pas aussi naïve que ton père, qui croit que sa précieuse petite fille reste sagement à la maison tous les soirs, alors même qu'on lui impose un mariage.

Je n'aurais pas qualifié Papa de *naïf*. Au cours du dernier mois, je m'étais rendu compte que Papa essayait de se rattraper pour toute la pagaille dans laquelle nous étions en me laissant faire ce que je voulais. Il savait que je sortais tous les soirs. Je ne m'en étais jamais cachée, mais il me croyait avec mes amies, pas en train de gérer mon entreprise. Tant que ma sécurité lui rapportait que j'allais bien, il me laissait tranquille.

— Si je couchais avec quelqu'un, tu aurais de bonnes raisons de me surveiller. Ce n'est pas le cas.

— Tu ferais bien d'éviter.

Son indignation me donna envie de rire. Mais elle était pire que de la vieille école, alors je l'écoutai et gardai mon hilarité pour moi.

Oma me croyait très certainement vierge. Bon sang, si elle avait su que j'avais perdu ma virginité sous son nez, en vacances avec elle en Suisse !

J'avais dix-sept ans, et j'étais sur le point de partir à l'université. J'avais rencontré un fils de diplomate âgé de dix-huit ans, et nous avions eu une aventure rapide. Nos parents étant qui ils étaient, nous savions tous les deux que cela ne mènerait à rien. Finalement, nous étions devenus amis. Des amis qui restaient en contact au fil des ans, et avaient fini par travailler ensemble lorsque j'avais ouvert mon premier club.

— *Oma*, je ne vais pas m'enfuir. Je profite de ma vie et de la liberté que j'ai. En plus, où irais-je ?

Elle garda le silence pendant quelques secondes.

— Ne t'attire pas d'ennuis. Ton père et ta mère ont déjà assez de poids sur les épaules.

Je serrai les dents. Je n'avais pas parlé à ma mère, en dehors des réponses obligatoires, depuis le soir où j'avais appris l'existence du contrat.

Je ne comprenais toujours pas pourquoi elle me l'avait caché.

Bon sang, pourquoi l'avait-elle caché à Papa ?

Ils étaient l'incarnation même du couple d'amoureux de la mafia dont l'histoire rivalisait avec les intrigues des romans les plus populaires.

— *Oma*, je suis fatiguée. Je voudrais aller dormir.

Oma soupira.

— Ce n'est pas simple pour elle. Elle a fait la promesse de cacher la vérité à tout le monde.

— Une promesse à qui ?

— Ce n'est pas important, Isa. Il te suffit de savoir qu'elle n'est pas la méchante que tu voudrais qu'elle soit. Si tu dois en vouloir à quelqu'un, c'est à ton *Opa*. Dieu ait son âme, cet homme prenait des décisions que personne ne pouvait contester. Les raisons qui l'ont poussé à se rapprocher de Weber resteront avec lui, dans sa tombe.

Cela faisait trois ans qu'*Opa* était décédé. J'avais aimé mon grand-père de tout mon cœur. C'était quelqu'un de rude, de grognon et d'impitoyable, tout comme Papa l'était aujourd'hui.

Je savais que, pour comprendre ne serait-ce que vaguement ce qu'il avait eu en tête, je devrais parler à Maman.

— Est-ce qu'il te manque ?

— Tous les jours.

— Est-ce que tu l'as toujours aimé ?

Pourquoi n'avais-je jamais posé la question auparavant ?

C'était sûrement parce que je n'avais jamais connu d'époque où *Opa* et *Oma* n'étaient pas le couple amoureux. *Opa* était un homme de traditions, avec des idées bien arrêtées sur les rôles de chacun, mais il avait traité *Oma* comme un trésor.

— Non. Je l'ai détesté durant les deux premières années de nos cinquante-trois ans de vie commune.

— Quoi ?

— Il avait une maîtresse, et je n'avais pas l'intention de l'accepter, peu importe qui il était. Il lui a fallu deux ans pour se sortir la tête du derrière. Une fois que ton *Opa* a cessé de vivre comme un célibataire, je lui ai accordé une chance.

— Et il t'a fallu combien de temps pour l'aimer ?

— Une année de plus. Au moment de la naissance de ta tante, Carolena, j'ai su qu'il avait changé.

Ma tante Caro était une force de la nature, et je l'adorais. Elle avait déménagé en Amérique après son mariage arrangé, vingt ans plus tard, et n'avait jamais regardé en arrière. Elle était l'épouse d'un gestionnaire d'investissement qui rendait service à des familles comme la mienne. Elle aurait pu vivre une vie de luxe et être bichonnée, mais elle dirigeait une chaîne de magasins de revente de haute couture, qui se spécialisait dans les vêtements de créateur qui n'avaient été portés qu'une fois, voire jamais.

— Tu crois qu'il y a de l'espoir pour moi ?

Pourquoi lui avais-je posé une telle question ?

Je n'étais pas certaine de pouvoir un jour apprendre à aimer l'homme qui tenait l'avenir des miens entre ses mains.

Que pourrais-je faire si Sebastian m'interdisait d'avoir mes entreprises ou de travailler ?

Je connaissais plein de femmes de notre monde qui devaient abandonner tout ce qu'elles chérissaient avant leur mariage pour se concentrer sur les besoins et les désirs de leur mari et de sa famille.

— Il y a toujours de l'espoir, *Hasi*.

— Merci, *Oma*, dis-je avant de bâiller fortement. On se voit demain.

— Maintenant, va dormir quelques heures. Tu en auras besoin.

Que se passerait-il pour que j'aie besoin de sommeil ? Maman et Papa ne pouvaient pas me préparer un autre mariage surprise.

— Pourquoi ?

— Ton futur beau-père va nous retrouver pour le *brunch* à midi.

Je pétai les plombs.

— Quoi ?

Ils n'avaient pas dû comprendre lorsque j'avais dit que je ne voulais pas rencontrer mon futur mari, que cela s'appliquait également à sa famille.

— Tu m'as entendue. Ne sois pas en retard. Bonne nuit,

lança-t-elle avant de raccrocher.

Avec cette nouvelle, mon sommeil n'allait pas être réparateur.

***

Aux alentours de 12 h 30, j'arrivai à *El Pesto*, un restaurant italien situé à l'extérieur du quartier chic où vivaient mes parents et où j'avais grandi. J'étais en retard, et je m'attendais à des regards agacés de la part de ma famille. Je n'étais jamais en retard à quoi que ce soit, et l'être aujourd'hui signifiait qu'ils penseraient que je l'avais fait exprès.

Comment aurais-je pu savoir qu'aujourd'hui en particulier, je me retrouverais coincée dans la circulation à cause d'un grave accident sur la route entre mon appartement et le restaurant ?

En toute honnêteté, je ne pouvais pas dire que j'étais très contrariée. La dernière chose dont j'avais envie, c'était de prendre un *brunch* avec celui qui avait décidé qu'il était temps que je devienne la femme de son fils.

Un grand homme mince aux cheveux poivre et sel se précipita vers moi.

— Mademoiselle Benz. Bienvenue. Votre famille vous attend dans le salon.

— Ravie de vous voir, Romy. Comment vont les filles ? lui demandai-je en me penchant en avant pour l'embrasser sur les joues.

Romy était notre serveur personnel depuis l'époque

d'*Opa*. Il savait ce que chacun aimait et n'aimait pas, et avait une manière surprenante d'anticiper les besoins de ses invités.

— Elles vont très bien. Je vous remercie d'avoir demandé.

Il me conduisit à travers la salle à manger principale et dans un couloir à l'arrière.

Papa et Maman ne mangeaient jamais en public, sauf quand ils voulaient être vus. Ils privilégiaient leur intimité et le confort de savoir que les gens n'étaient pas constamment en train de les observer.

J'avais entendu dire que Jonas Weber avait une conception très différente de l'attention. Il aimait avoir une couverture médiatique et se donnait beaucoup de mal pour que tout le monde le voie. Au moins, son fils n'était pas dans le même état d'esprit. J'avais passé le dernier mois à parcourir le Net à la recherche de la moindre bribe d'information le concernant. J'étais même allée jusqu'à contacter mon amie, Ana, qui avait récemment quitté Solon, une agence de sécurité spécialisée dans les informations *underground*, pour qu'elle m'aide.

Après le choc initial de ma demande, elle avait accepté de me rendre service, mais elle m'avait prévenue qu'elle n'aurait que des informations limitées, car elle ne travaillait plus « officiellement » pour son organisation.

Vu qui était mon père, nous avions tendance à éviter les discussions tournant autour de son travail, ou de quiconque en relation avec ma famille.

Les informations qu'elle avait dénichées étaient au mieux limitées, centrées sur ce qui était de notoriété publique à son sujet, ses liens familiaux, son cursus et ses diverses entreprises.

Les quelques photos de Sebastian disponibles étaient au mieux floues et auraient pu représenter n'importe quel autre type dans la rue. Il semblait avoir effacé soigneusement ses traces.

Une nouvelle contenue dans le dossier m'avait surprise. Sebastian vouait une haine profonde aux personnes mêlées à du trafic d'êtres humains. S'il apprenait que l'un de ses partenaires avait des liens avec ce monde, il se donnait pour mission de détruire cet individu et le réseau auquel il était associé.

D'après Ana, il avait la réputation de se servir de ses relations pour travailler et aider des groupes dont l'unique but était de mettre fin à cette pratique obscure.

C'était au moins une chose positive au sujet de Sebastian Weber.

Papa partageait cette conviction et faisait des dons considérables à des organisations qui aidaient les victimes arrachées aux réseaux de traite des êtres humains.

En fin de compte, ce que j'avais découvert au sujet de Sebastian, c'était qu'il était un chef de la mafia impitoyable avec un sens moral. Ce qui ne me disait pas grand-chose sur l'homme en lui-même.

Il était pour moi un mystère plus épais que jamais.

J'avais demandé à ma famille à ne pas le rencontrer ni à apprendre quoi que ce soit à son sujet avant le mariage, et l'univers répondait apparemment à ma requête.

Et il y avait l'homme que j'avais rencontré la veille. Il

était une autre énigme. À laquelle je n'aurais pas dû penser du tout.

Surtout au moment où j'étais sur le point de rencontrer mon beau-père.

Jonas Weber était loin d'être un aussi grand mystère que son fils. Il y avait carrément une encyclopédie d'informations disponibles à son sujet. En écoutant les conversations au fil des ans, j'avais appris que les gens considéraient Jonas comme paresseux et indigne de confiance, et qu'il avait un ego démesuré. Le genre même que Papa méprisait passionnément.

— Et voilà.

Romy ouvrit les doubles portes menant à la salle à manger.

Papa, Maman, *Oma* et Jonas Weber étaient assis autour d'une table ovale. Tous détournèrent l'attention de leur conversation pour la porter sur moi.

— Je te présente mes excuses pour mon retard, Papa.

Je m'avançai vers lui.

Il se leva et me retrouva à mi-chemin. Il m'engloutit dans ses bras pour me serrer fort et m'embrasser sur la joue.

— Pas besoin de t'excuser. J'ai entendu parler de l'accident aux informations. Viens, je te présente Jonas Weber.

Je m'approchai de l'homme qui semblait bien plus jeune que les soixante-huit ans annoncés sur Internet. Ses cheveux grisonnaient légèrement sur les tempes, et le reste de ses cheveux était d'un riche brun blond. Sa carrure était semblable à celle de Papa, mais il n'était pas aussi en forme. Quelque chose me disait qu'il passait plus de temps derrière un bureau que dehors avec ses hommes.

Jonas me prit la main et la porta à ses lèvres.

— Ainsi, vous êtes ma nouvelle fille.

— Pas encore, mais bientôt, lui répondis-je avec un sourire poli.

Quelque chose dans sa façon de me regarder me donnait la chair de poule.

Oma devait avoir remarqué ma réaction, et prit la parole.

— Isa, viens t'asseoir avec moi. Tu viens juste de manquer ton fiancé.

Mon rythme cardiaque s'emballa.

— Il était ici ?

Je m'avançai près de là où *Oma* était assise et jetai un regard à Papa, mais il m'ignora.

— Oui, mais il avait des affaires urgentes à régler, répondit Jonas en se rasseyant. Il vous faudra vous y habituer. En tant que Weber, vous aurez des responsabilités et un rôle à jouer.

Je commençais à détester Jonas Weber plus encore que ce n'était déjà le cas.

— Isa est une excellente hôtesse, intervint Maman, jetant un regard dans ma direction sans vraiment croiser mon regard. Nous l'avons bien élevée, et elle sait ce que l'on attend d'elle.

— Je suis convaincu que tout est parfait, mais tout le monde sait qu'elle a été choyée par la famille puisque vous ne pouviez plus avoir d'enfants. Il lui faudra avoir des épaules solides.

— Mon enfant a une volonté d'acier. Ne vous laissez pas abuser par sa beauté et sa taille délicate, qui ne reflètent pas son tempérament.

Étaient-ils vraiment en train de parler de moi comme si j'étais du bétail à vendre aux enchères ?

— C'est une princesse dorlotée. Nous lui enseignerons ce qu'elle aura besoin de savoir pour être une vraie Weber et quelles seront ses responsabilités.

Oh, bon sang ! Il ne venait pas de dire ça ?

— Je suis parfaitement instruite, au-delà de ce que vous et votre fils avez accompli. Je dirige une fondation artistique, ainsi que diverses organisations caritatives. Je sais exactement comment gérer la pression.

Mon ton n'était pas dur en lui-même, mais il indiquait qu'il était hors de question que je laisse Jonas Weber intimider ma famille.

— Vous êtes mon futur beau-père, pas mon futur mari. Je n'ai ni besoin ni envie d'entendre votre point de vue sur mon comportement et mes obligations. Votre père m'a achetée pour votre fils, pas pour vous.

Je me levai, sachant que je n'aurais probablement pas dû dire ça. J'étais tellement lasse que les gens déterminent le cours de ma vie. Je n'allais pas laisser cet homme créer un précédent pour toutes nos futures interactions.

Mieux valait qu'il sache dès maintenant que j'étais une diablesse, et non la carpette pour laquelle il me prenait.

Le visage de Jonas devint écarlate.

— Je suis le chef de ma famille, et vous m'honorerez en tant que tel.

— J'ai lu le contrat. À la seconde où je prononcerai mes vœux, mon mari deviendra le chef. J'ai effectué mes recherches.

Je me tournai ensuite vers *Oma*.

— Je suis désolée, mais je ne crois pas que ce brunch soit une bonne idée.

— Benz, allez-vous dire quelque chose à votre fille ?

— Je crois qu'elle exprime bien notre sentiment. Vous avez imposé cette situation à notre famille.

Je ressentis une bouffée de fierté en entendant les paroles de mon père. Il avait pris ma défense, même si cela signifiait se mettre Jonas à dos.

— Non. Nos pères l'ont fait, répliqua-t-il avec un rictus. Tout comme nos épouses.

— Cela ne fait aucune différence. Vous et moi savons que nous n'avions aucune obligation de mettre le contact à exécution. Il n'est contraignant que si l'une des parties essaie de le faire respecter. Vous voulez ce que j'ai construit.

Les paroles de Papa n'eurent aucun effet sur Jonas, dont le sourire s'agrandit.

— Mon fils deviendra propriétaire de tout ce que vous avez bâti. Quoi que vous en pensiez, je gagne.

— Et sur ces paroles, je vais m'en aller. Profitez de votre brunch. Je suis sûre que vous avez devant vous des heures de conversation stimulante.

Je fis le tour de la table.

— Où vas-tu ? demanda Papa.

— J'ai quelques formalités administratives à remplir au musée pour une évaluation que je leur ai donnée, lui expliquai-je avant de reporter mon attention sur Jonas. Papa Jonas, je voudrais m'abstenir de la moindre interaction avec vous jusqu'au mariage.

Je me dirigeai vers les portes.

Jonas se leva pour me prendre la main quand je passai

devant lui. Je ne fus pas certaine de ce qui me prit alors. Je me retournai, rompant l'emprise de Jonas, puis le repoussai, le projetant sur la table et renversant le vin partout.

J'ignorai les visages choqués des membres de ma famille.

— Ne me touchez jamais. Le seul Weber qui aura ce droit est celui pour qui j'ai été achetée.

Je sortis en trombe, sans prendre la peine de jeter un coup d'œil en arrière.

Quand je sortis dans l'air froid de l'automne, je sentis les battements de mon cœur résonner dans mes oreilles.

Bordel, je venais de frapper un homme qui n'était pas seulement mon futur beau-père, mais aussi un baron du crime. Cet enfoiré n'aurait pas dû me toucher.

Pourquoi Papa avait-il cru que c'était une bonne idée de prendre un brunch avec Weber alors que je ne voulais pas rencontrer son fils avant le jour de notre mariage ? Et pourquoi Sebastian Weber s'était-il pointé, bon sang ?

Était-ce un jeu de pouvoir, pour me rappeler que mes désirs et mes envies passaient après ceux des Weber ?

Ce n'était pas comme si je pouvais oublier que ma mère et mon grand-père m'avaient vendue à Weber, comme si j'étais une marchandise.

Je décidai que j'avais besoin d'un verre et pris la direction du *Dimitri*, le bar au coin de la rue.

Il avait été baptisé du nom de son propriétaire, qui serait sûrement derrière le comptoir. Il m'avait servi mon premier verre « légal » quand j'avais eu dix-huit ans. Techniquement, ce n'était pas illégal pour moi de boire du vin ou de la bière passé seize ans, mais ce n'était pas le genre de chose que faisaient les filles bien élevées.

De plus, aller au bar réfrènerait mon envie d'aller chez *Emma*, voir si Baz se montrait.

C'était encore une complication que je devais écarter de ma vie. À quoi bon me tenter avec une chose à laquelle je n'avais pas droit ?

Je tirai la lourde porte pour l'ouvrir, faisant tinter la cloche.

Dimitri, qui essuyait le bar, leva le nez et immédiatement un sourire illumina son visage.

— Isa ! Ça fait bien trop longtemps !

Je l'étreignis quand il fit le tour du bar.

— C'est compliqué de venir jusqu'ici, sauf si je rends visite à Maman et à Papa. Surtout que je ne vis plus dans le quartier.

— Oui, répondit-il de son ton évasif. Stephan m'a raconté l'autre jour. Il a également mentionné le fait que tu te débrouilles très bien dans le domaine de l'art. J'ai entendu dire que tu étais occupée jusqu'à l'année prochaine.

Stephan était le chef de la sécurité de Papa, et bien conscient que je n'avais rien de la princesse pour laquelle les gens me prenaient. Il m'avait personnellement tirée de quelques mauvais pas quand j'étais adolescente. Il me traitait aussi comme sa propre fille, et se vantait de moi comme un papa fier.

Je jetai un œil à mon propre chef de la sécurité, Jax, qui se trouvait être le fils de Stephan. C'était la seule personne en qui son père avait confiance pour me protéger.

— C'est bon d'avoir des gens qui tiennent à vous dans les parages. Ils vous évitent les ennuis.

Jax se mit à tousser à ces mots, et je lui jetai un regard noir.

Reportant mon attention sur Dimitri, je lui demandai :

— Aurais-tu un Firewater Black Label ?

Le Firewater était un whisky qui faisait l'objet d'un culte. Au goût, on aurait dit qu'il avait vieilli pendant vingt ans, mais, en réalité, il avait été conçu en laboratoire et avait moins d'un an. La propriétaire de la société, Penny Lykaios, était un génie et se trouvait être la cousine d'Ana. Cette dernière nous avait présentées, et nous avions entretenu une amitié au fil des ans. En réalité, c'étaient Penny et son mari, Hagen, qui m'avaient poussée à faire le grand saut dans le monde des boîtes de nuit. Entre leurs conseils et le contrat de distribution exclusif que j'avais négocié avec Penny pour son Firewater, j'avais pris une longueur d'avance dans le secteur très concurrentiel de la vie nocturne.

— Tu devrais le savoir. N'est-ce pas toi qui m'as inscrite sur la liste de distribution ?

Dimitri sortit la bouteille d'un placard où il rangeait les alcools réservés à ses clients haut de gamme, principalement mon père et son entourage.

— Si, mais personne n'est censé être au courant de ce secret. Si Papa l'apprend, tu n'auras plus de bouteilles.

— Personne ici ne te dénoncera, répondit-il en jetant un œil à Jax qui hocha la tête.

Dimitri versa deux doigts du liquide doré aux reflets rougeâtres dans un verre qu'il posa devant moi.

Sans hésiter, je descendis le whisky hors de prix, laissant l'alcool me brûler la gorge et me réchauffer l'estomac.

— Un autre.

Dimitri plissa les yeux en me regardant, mais s'exécuta.

Je bus le second verre.

— Encore.

— Rien qu'un seul.

Me renfrognant, je dis :

— Très bien. Tu me donnerais la bouteille si tu devais gérer la même merde que moi.

— Te saouler ne résoudra pas tes problèmes.

J'étais entourée d'hommes surprotecteurs et, au vu de la manière dont Jax me fixait, il m'aurait pris la bouteille si je l'avais eue dans la main.

Ce n'étaient pas eux qui étaient coincés, à devoir épouser quelqu'un qu'ils n'avaient jamais rencontré pour sauver tout ce que leur famille avait construit. Ni à devoir produire la prochaine génération avec un type qui pouvait ou non être un être humain horrible. Bon sang, j'espérais qu'il n'avait rien en commun avec Jonas ! Il me fichait la trouille à plus d'un titre.

Prenant le verre, j'allais boire l'alcool quand mon regard se posa sur l'homme qui se tenait dehors, devant les vitrines du bar.

Baz.

Ses yeux sombres, presque noirs, m'étudiaient. Immédiatement, ma peau se mit à me picoter. Pourquoi est-ce que je réagissais si fort ?

Il ne s'agissait pas seulement de son allure, ou de son corps qui semblait tout droit sorti des pages d'un magazine de mode, ou du petit bout de tatouage qui dépassait du col de sa chemise. Il m'affectait d'une manière qui me donnait envie de le laisser me faire tout et n'importe quoi.

Il secoua la tête en regardant le verre dans ma main.

Je haussai un sourcil et descendis la boisson.

Baz s'approcha de la porte du bar qu'il ouvrit, puis il entra et se dirigea droit sur moi.

Quand il ne fut plus qu'à quelques dizaines de centimètres, il me prit le verre, le reposa sur le comptoir, et me dit :

— En tant qu'ami, je crois qu'il est prudent de te dire que boire pour oublier tes problèmes n'est pas la meilleure idée qui soit.

Sebastian

— Et que sais-tu de mes problèmes ?

L'irritation sur le beau visage d'Isa m'indiquait qu'elle était prête à se battre.

Si nous avions été seuls, et que je n'avais pas été la cible des regards noirs de l'homme derrière le comptoir, ou du géant que je savais être son agent de sécurité, j'aurais relevé son défi.

J'avais l'intime conviction qu'elle était en train de gérer les conséquences de ce que Jonas avait dit au déjeuner.

Cet enfoiré avait organisé le brunch pour souligner son influence sur la situation dans laquelle il avait plongé nos deux familles. Il ne s'était pas attendu à ce que je me montre, ni à ce que je fasse comprendre à Benz que je ne recevais d'ordres de personne, surtout pas de Jonas.

Puis, lorsque l'un de mes espions m'avait envoyé un

texto m'informant qu'Isa avait quitté le déjeuner en colère, j'avais su que je devais la rejoindre. Jonas n'était qu'un sale con. Certes, moi aussi, mais d'une façon différente.

Je mentais à la femme que j'allais épouser. Techniquement, ce n'était pas vraiment un mensonge, simplement je ne lui révélais pas qui j'étais. Mais, je doutais fortement qu'elle le voie de la même manière que moi.

— Après la soirée d'hier, je suis presque sûr de savoir exactement ce qui te tracasse.

— Alors, tu comprends pourquoi le whisky est absolument nécessaire.

— C'est-à-dire ?

— Je viens juste d'avoir le plaisir de traiter avec mon futur beau-père.

Je ne pouvais qu'imaginer la manière dont il l'avait traitée. Il se croyait supérieur à tout le monde, et il avait une piètre image des femmes dans leur ensemble.

Je lui pris la main et l'éloignai du bar.

— Prends un café avec moi.

— Tu n'es pas censé être chez *Emma* ? C'est de l'autre côté de la ville.

Je fis courir un pouce sur le point de pulsation de son poignet, la faisant frissonner. Elle n'était définitivement pas immunisée contre moi.

— J'étais sur le point de m'y rendre quand je t'ai vu descendre un whisky à 1 000 dollars l'once.

C'était à la fois une vérité et un mensonge. Je savais qu'elle n'allait pas venir. Son honnêteté quant à sa vie m'avait fait comprendre qu'elle n'était pas du tout la femme à laquelle je m'attendais. Sa loyauté envers sa famille l'emportait sur ses désirs personnels.

Quand je l'avais recherchée après le message que j'avais reçu, le dernier endroit où je me serais attendu à la trouver, c'était dans un bar de quartier, en train de boire pour oublier ses soucis.

— Eh bien, quitte à boire, autant que ce soit pour quelque chose qui en vaille la peine, ou pour la possible gueule de bois qui s'ensuivra.

— Je doute que tu ne te sois jamais laissé aller à ce point.

Cette femme avait un besoin de tout contrôler.

Je l'avais deviné hier soir, de même que le chagrin qu'elle ressentait à ne pas avoir son mot à dire dans le cours de sa vie.

— Pourquoi es-tu dans mon quartier, Baz ?

— *Ton* quartier ?

— Oui, j'ai grandi ici.

— J'avais des affaires à régler dans le coin.

Je la conduisis à une table, loin du barman et de son agent de sécurité qui semblaient bien trop intéressés par la réaction d'Isa à mon égard.

Je savais que son garde du corps m'avait vu danser avec elle au club hier soir, mais le barman donnait aussi l'impression d'être protecteur envers Eloisa. Je ne pouvais pas le lui reprocher. J'aurais agi de la même manière.

J'étais convaincu qu'elle ne voulait pas qu'on sache la façon dont nous nous étions rencontrés, et je savais déjà qu'elle gardait ses activités nocturnes les plus discrètes possibles.

Je pris place de l'autre côté de la table sans rien dire. Ses yeux bleu foncé perçants étaient le théâtre d'une tempête d'émotions. Elle avait les mains posées à plat sur la table, et je mourrais d'envie de la réconforter.

Peut-être était-ce la combinaison de force et de vulnérabilité qu'elle dégageait.

— Arrête de me fixer comme ça, dit-elle d'un ton colérique qui me donna envie de rire.

Elle m'avait laissé la guider jusqu'à la table sans un mot et, maintenant, elle essayait de prendre le contrôle des réactions de son corps face à moi.

— Comme je te l'ai dit, boire pour oublier tes problèmes, ce n'est pas la meilleure façon de t'en sortir.

Elle ne semblait pas du genre à noyer ses soucis dans l'alcool. Mais d'un autre côté, toute rencontre avec Jonas était susceptible de pousser les gens à prendre des mesures auxquelles ils n'auraient jamais songé dans d'autres circonstances.

— Je n'étais pas en train de boire pour oublier mes problèmes. J'apaisais ma colère. Il faudrait que je boive la moitié de la bouteille pour être ivre. Ces trois verres ne m'ont rien fait.

— Tu tolères bien l'alcool ?

— On peut dire ça. Penny, la propriétaire de Firewater, est la cousine d'une de mes amies proches. J'ai dû apprendre à suivre ce minuscule génie. En plus, je déteste perdre le contrôle, alors je refuse d'en arriver à ce point.

Je me disais bien qu'elle devait avoir des liens avec la famille Lykaios.

Tout à coup, je réalisai qu'Isa venait de mentionner la cousine de Penny. Merde, elle devait parler d'Ana. Ana, qui

venait juste d'épouser mon ex-partenaire, Adrian, et nous l'avions partagée il n'y a pas si longtemps. Cela avait eu lieu au cours d'une mission, mais cela n'aurait pas d'importance pour Isa. J'avais couché avec l'une de ses amies.

Je ne pourrais pas lui reprocher d'avoir envie de me tuer si elle le découvrait. Cela me rendrait dingue si j'apprenais qu'elle avait couché avec quelqu'un que je connaissais, et encore plus s'il s'agissait d'un ami.

— Tu recommences avec ton regard. Arrête.

Ignorant son ordre, je lui en donnai un à mon tour.

— Pose tes mains sur la table, paumes vers le haut.

Merde, mais qu'est-ce que j'étais en train de faire ? Je l'avais rencontrée moins de vingt-quatre heures plus tôt et j'étais prêt à la pousser dans un chemin que je ne devrais pas emprunter maintenant.

Elle plissa les yeux en me regardant.

— Pourquoi ?

— Contente-toi de le faire. Si ce que je fais te met mal à l'aise, alors j'arrêterai.

Elle se lécha les lèvres et suivit mes instructions. C'était en partie par curiosité, mais aussi en réponse à moi.

À la seconde où le dos de ses mains toucha la table, je posai les miennes dessus, retenant ses poignets sous chacune de mes paumes. Immédiatement, sa respiration s'accéléra, et ses pupilles se dilatèrent.

Sa réponse, ajoutée au fait de la toucher de cette manière, fit tressauter mon sexe. Elle n'avait aucune idée de ce qu'elle était. Non. Plus probablement, elle ignorait cette partie d'elle-même, car elle ne voulait pas entretenir l'idée qu'elle avait envie d'abandonner le contrôle.

— Qu'est-ce que tu fais ? demanda-t-elle d'une voix instable.

J'exerçai une légère pression qui la fit remuer sur son siège.

— Maintenant, c'est moi qui décide. Tu ne peux pas t'en aller à moins que je ne te laisse partir. Tout ce qui est urgent devra attendre.

Je savais tout aussi bien qu'elle qu'il suffirait d'un mot pour que son agent de sécurité arrive et me torde le cou.

— Nous ne devrions pas nous toucher comme ça.

— Alors, demande-moi de te laisser partir, lui répondis-je, soutenant son regard. Il te suffit de dire stop.

L'indécision qui se lisait dans ses yeux me fit comprendre à quel point elle en avait besoin.

— Regarde-moi, Isa.

Son regard bleu passa de l'endroit où je retenais ses poignets à mon visage.

Je la vis plisser le front.

— Je ne comprends pas pourquoi je t'ai écouté. Ça n'a aucun sens.

— As-tu déjà laissé l'un des hommes que tu as accueillis dans ton lit prendre les commandes ?

Une pointe d'agacement m'assaillit à l'idée que quelqu'un ait pu la toucher.

Certes, c'était irrationnel, mais le fait de savoir que c'était la femme qui allait devenir mon épouse, et avec cette intense attirance que nous ressentions l'un pour l'autre, l'homme des cavernes en moi ressortait.

— Quel est le rapport ?

Je n'avais pas besoin de plus que cette réponse pour confirmer mes soupçons et atténuer mon agacement.

— Est-ce que tu t'es sentie insatisfaite, en ayant l'impression qu'il te manquait quelque chose ?

Elle ouvrit la bouche pour nier, mais la referma.

Elle connaissait la vérité aussi bien que moi.

— Dis-moi, Isa, si un homme prenait totalement le contrôle, te pliait à sa volonté et procurait à ton esprit et à ton corps un plaisir inimaginable, le laisserais-tu faire ?

Sa respiration se fit haletante, et elle déglutit pour atténuer l'excitation qui faisait rougir sa peau.

— Je ne peux pas faire ça. Je vais épouser quelqu'un d'autre, dit-elle en secouant la tête. C'est... c'est... Je dois y aller.

Mes doigts se resserrèrent avant qu'elle ne puisse se libérer.

Isa ferma les yeux.

— Baz, ne me tente pas avec quelque chose que je ne peux pas avoir. C'est cruel.

— Pourquoi est-ce cruel ? Tu devrais avouer, au moins te l'avouer à toi-même, la vraie nature de ton désir.

— Et qu'est-ce que j'en ferais ? s'exclama-t-elle avec une colère qui me surprit. Je suis sur le point d'épouser un homme que je ne connais pas et que je n'aime pas. Qui sait comment il sera ?

Je l'étudiai sans relâcher ma prise sur elle.

Bon sang. J'allais tout faire foirer. Bon sang, j'avais déjà tout foutu en l'air. Je mentais à ma fiancée. J'étais... Bon sang, je n'avais pas la moindre idée de ce que je faisais. Tout ce que je savais, c'était que, quand tout sortirait au grand jour, elle me détesterait.

Je n'étais pas censé ressentir un tel besoin d'elle.

— Que se passerait-il si tu réagissais avec lui comme tu réagis avec moi ?

— Peu importe comment je réagis face à toi. Il n'en sortira rien. Je vais en épouser un autre.

Cette fois, elle parvint à se libérer de mes mains.

— Je ne peux pas mettre en danger l'avenir de ma famille pour cette attirance, quelle qu'elle soit.

Je gardai le silence, sans savoir comme sortir du trou que je m'étais creusé.

— Je t'ai offert mon amitié. Ça tient toujours.

— Ça ne marchera pas.

— Essaie, Isa. L'amitié.

Peut-être que si elle voyait le vrai moi, elle m'accepterait quand elle apprendrait la vérité.

De qui me moquais-je ? J'étais complètement foutu.

— Amis. Aucune attente. Tu ne me touches pas. Et plus de conversation comme celle que nous venons d'avoir, sinon je ne te reverrais plus.

— Marché conclu.

À cet instant, l'agent de sécurité d'Isa se rapprocha.

— Il faut que nous vous ramenions chez vous pour que vous puissiez vous reposer, dit-il.

— Je suppose que c'est difficile d'équilibrer une vie au grand jour et une vie nocturne secrète.

Ses lèvres se courbèrent légèrement.

— On pourrait dire ça.

— À quelle heure te lèves-tu après une longue nuit ?

— Tout dépend du jour, et si j'ai un projet d'antiquités. Cette nuit, je n'irai pas me coucher avant au moins 7 heures du matin, donc je dormirai jusqu'à midi.

— Ensuite, retrouve-moi chez *Emma* pour un café.

— Tu es vraiment sérieux au sujet de cette histoire d'amitié, n'est-ce pas ?

— Pourquoi est-ce que ça te surprend ? Je pense ce que je dis.

Elle soupira.

— Très bien. Nous allons tenter cette histoire d'amitié.

Isa

Je bâillai en descendant la rue menant chez *Emma*. Je ne savais pas trop pourquoi je faisais ça. Cela avait peut-être à voir avec l'envie de me rebeller contre ma famille, les Weber, le monde.

Je savais que rien ne pouvait sortir de cette histoire avec Baz. Bon sang, je ne connaissais même pas son nom de famille. Certes, il ne devait pas connaître le mien non plus.

Comment réagirait-il s'il l'apprenait ? Savait-il déjà que j'étais la fille de l'homme qui dirigeait la plupart des rues de Berlin ? Cela aurait-il de l'importance ?

Je n'avais pas l'intention de le lui cacher. Cela ne servirait à rien. Papa était trop présent sur la scène publique. Heureusement, celui-ci faisait tout pour me tenir à l'écart des projecteurs. Et si quelqu'un parvenait à faire le lien entre nous, j'agissais comme si ce n'était pas grave. Je me disais que cela avait sûrement joué en ma faveur, d'avoir vécu plusieurs années au Royaume-Uni et en Suisse.

Je reçus un texto sur mon téléphone. Il venait de ma meilleure amie, Lilly.

Lilly Lennox était la fille d'un des associés de mon père, même si nous n'étions pas au courant à l'époque de notre rencontre à l'université. Nous avions fini par travailler ensemble sur un projet de recherche, et étions rapidement devenues amies. Trois ans plus tard, nous dirigions ensemble une entreprise d'antiquités.

Lilly n'était pas seulement mon associée, mais aussi la seule personne qui comprenait le monde dans lequel je vivais. Elle connaissait tous mes secrets, depuis mes clubs jusqu'aux relations que j'entretenais avec des groupes qui feraient péter les plombs à nos pères s'ils les découvraient. Jamais je ne lui avais donné de détails sur ces groupes, mais c'était une fille intelligente et elle avait probablement quelques soupçons. En outre, mieux valait la tenir à l'écart des détails. Tout ce qu'elle avait besoin de savoir, c'était que des clients anonymes nous engageaient pour évaluer des œuvres d'art et vérifier leur authenticité.

Nous jouions aux limiers sans quitter notre bureau. De plus, Lilly était un esprit libre, et regardait le monde à travers des verres teintés de rose. Elle voulait croire en ce que les gens avaient de meilleur. Elle m'empêchait de me perdre dans les affaires. La dernière chose que j'aurais faite aurait été de la mettre en danger.

Son père était conscient que sa fille ne correspondait pas

au rôle typique de la princesse. Lilly, avec ses vêtements fantaisistes et ses cheveux sauvages, avait plus sa place dans une colonie de hippies que dans les rues de Berlin.

Lilly : *J'ai terminé l'évaluation. Les honoraires sont sur notre compte. Ana m'a fait savoir qu'elle ne sera plus notre contact à la salle des ventes.*

Ce changement ne me satisfaisait pas. Avec un peu de chance, il sera agréable de travailler avec la personne qui la remplacera.

C'était Ana qui m'avait poussée à travailler pour sa « société », en qualité de consultante. Cette entreprise, autrement connue sous le nom de Solon, était loin d'être ordinaire. C'était le genre qui nécessitait une habilitation de sécurité et une vérification scrupuleuse des antécédents. Pour la patronne d'Ana, Bri, mes relations avec les éléments « peu recommandables » de la société s'étaient révélées positives plutôt que négatives, et elle m'avait recrutée pour mon premier projet.

Être la fille d'un mafieux avait ses avantages, surtout lorsqu'on travaillait comme informatrice et évaluatrice pour plusieurs agences secrètes telles qu'Interpol et la CIA, et d'autres clandestines comme Solon. Ils n'avaient aucun scrupule à collaborer avec moi et il était entendu que, en échange de mon aide, ils tiendraient éloignées de moi toutes les opérations de gestion des affaires de mon père.

Je traversai la rue et tapai ma réponse.

Je m'attendais à ce que Ana parte après avoir discuté avec elle et lu un rapport présentant une analyse de sa dernière mission.

Elle s'était retrouvée dans une affaire regroupant

plusieurs agences, qui avait pris une tournure à laquelle personne ne s'était attendu. Les trafiquants sexuels qu'ils ciblaient l'avaient enlevée et mise en vente. Sans l'intervention de celui qui était aujourd'hui son mari, Adrian, un agent de la CIA, et de son partenaire d'Interpol, elle aurait été vendue à Dieu seul savait qui.

Elle avait dû jouer le rôle d'esclave sexuelle pour Adrian et son partenaire. Quoi qu'elle ait vécu, cela avait modifié ses plans de carrière au sein de Solon. Désormais, elle était de retour à Las Vegas, et aidait à gérer les affaires de sa famille.

Isa : *Elle vient de se marier et a un bébé en route. Je pense qu'elle a d'autres priorités en tête que de travailler avec nous.*

Lilly : *Cela signifie-t-il que tu vas suivre ses traces ? Après tout, tu vas te marier d'ici quelques mois.*

Isa : *Bon sang, non ! Mon travail ne pâtira pas des décisions prises par ma famille.*

Lilly : *Bonne chance. Je suis certaine que ton nouveau mari n'aura aucun problème avec le fait que tu diriges des boîtes de nuit, que tu estimes des œuvres d'art pour des clients anonymes et que tu sois consultante pour « l'entreprise » tout en jouant son faire-valoir.*

Je jetai un regard noir à mon téléphone.

Isa : *Je ne suis le faire-valoir de personne.*

Lilly : *Je déteste te dire ça, mais c'est exactement ce que tu vas devenir.*

Isa : *Je vais trouver quelque chose. Je refuse de laisser quiconque contrôler ma vie.*

Lilly : *Tu veux qu'on se retrouve pour un café ?*

Isa : *Je ne peux pas. J'ai des projets.*

Lilly : *Avec qui ?*

J'aurais parfaitement pu lui mentir, mais Lilly était mon amie « à la vie, à la mort », et pouvait garder un secret.

Isa : *Un VIP que j'ai rencontré à* Verberne Schutzer.

Lilly : *Impossible, putain. Qui est-ce ? Donne-moi son nom, j'aurai tout ce que tu dois savoir sur lui dans l'heure.*

Lilly n'était pas seulement une experte en art, mais aussi une hackeuse clandestine capable de trouver n'importe quoi sur n'importe qui.

Isa : *Mieux vaut que tu en saches aussi peu que possible.*

Lilly : *Je n'aime pas ça.*

Isa : *Ce n'est que de l'amitié.*

Lilly : *C'est ça, de l'amitié avec un type sexy que tu as rencontré dans un de tes clubs. Isa, tu joues avec le feu.*

Isa : *Arrête de t'inquiéter. C'est complètement innocent. D'ailleurs, je n'ai jamais dit qu'il était sexy.*

Lilly : *J'espère que tu sais ce que tu fais. Je n'ai jamais connu un homme et une femme qui n'étaient que des amis.*

Isa : *Il faut que j'y aille. Je suis à la boutique.*

Lilly : *Cette conversation n'est pas terminée.*

Je n'avais aucun doute sur le fait qu'elle allait me harceler pour obtenir des informations jusqu'à ce que je cède.

Je rangeai mon téléphone dans mon sac à main et j'ouvris la porte.

Mes yeux se posèrent immédiatement sur Baz. Il était assis dans un coin et lisait le journal.

Bon sang, il était plus que magnifique.

Je n'étais pas certaine qu'il soit possible pour un homme d'être aussi attirant. Il portait un pull vert ajusté et un jean en denim foncé. Les tatouages qu'il avait autour du poignet sortaient de ses manches longues, ce qui lui donnait un air sophistiqué, mais dangereux.

Sa manière de se tenir était étrangement similaire à celle de Papa et de ses hommes. Il était même assis dans une position qui empêchait quiconque de venir derrière lui.

Comme s'il avait senti que je l'étudiais, il leva ses yeux sombres vers les miens. Mes genoux flanchèrent, et je sentis un flottement au creux de mon ventre.

Non, Isa. C'est de l'amitié. Repousse toutes les autres pensées.

— Isa. Tu es magnifique.

Baz se leva à mon approche et me montra d'un geste vers la chaise en face de lui.

Il jeta un œil derrière moi.

— Pas de sécurité ?

— Oh, elle est là. La seule raison pour laquelle tu remarquerais la présence de mes agents, ce serait parce qu'ils voudraient que tu le saches.

Je pris place et attendis que Baz s'installe.

— C'est bon à savoir.

Une serveuse vint nous voir, et je commandai un café et une pâtisserie.

— Quel est ton nom de famille ?

Baz haussa un sourcil.

— Est-ce important ?

— Généralement, les amis savent ce genre de chose.

— Klein.

Je lui tendis la main.

— Je m'appelle Eloisa Benz.

Un léger sourire effleura ses lèvres alors qu'il glissait sa paume contre la mienne, engloutissant ma main dans la sienne, bien plus grande.

— Baz Klein.

L'heure suivante fut plus facile que ce à quoi je m'étais attendue. Nous mangeâmes, rîmes, et apprîmes à nous connaître. La conversation ne s'arrêta jamais et passa d'un sujet à un autre avec fluidité. Nous n'abordâmes pas, même de loin, le sujet de mon mariage à venir ou celui de notre folle attirance mutuelle. C'était presque comme les conversations que j'avais avec Lilly.

J'appris qu'il travaillait dans le transport maritime et qu'il était un investisseur immobilier spécialisé dans les projets internationaux, qu'il voyageait beaucoup et qu'il avait une relation conflictuelle avec son père depuis le décès de sa mère.

Je lui racontai mon enfance de fille unique au milieu de parents et de grands-parents surprotecteurs. Et comment je m'étais retrouvée dans l'industrie des boîtes de nuit grâce à une suggestion de Penny et de Hagen.

À la fin de notre rendez-vous, nous avions convenu d'une autre date, la semaine suivante, et j'avais le sentiment réconfortant qu'une amitié entre Baz et moi était parfaitement envisageable.

Une semaine avant le mariage

Isa

— Alors, est-ce que tu vas m'en dire plus sur le type que tu vois, en dehors de son nom ? demanda Lilly en jetant un œil au calendrier. N'est-ce pas aujourd'hui, votre rendez-vous habituel au café ?

Je levai les yeux d'un tableau que j'étais en train d'examiner et lui jetai un regard noir.

— Je te l'ai déjà dit. C'est juste un ami. Nous avons de grandes conversations. Il n'y a rien de plus à raconter.

— Il me faut plus de détails. Mes recherches n'ont rien donné au sujet d'un dénommé Baz Klein.

— Tu as enquêté sur lui, dis-je sans pouvoir cacher mon agacement envers Lilly. Je ne t'ai pas autorisée à le faire.

Ce que j'avais avec Baz ne ressemblait en rien à ce que j'avais vécu avec un homme auparavant. Nous étions de vrais amis. Il m'écoutait, me prodiguait des conseils et acceptait les miens en retour. Nous n'avions jamais dépassé les limites, même si notre attirance sous-jacente semblait devenir plus intense.

— Tu t'es montrée si vague. Il fallait que j'en découvre plus à son sujet. Surtout en sachant qui tu es et qui tu es sur le point d'épouser. La dernière chose dont tu as besoin, c'est de quelqu'un qui profite de toi.

— Je ne suis pas idiote. Je ne vais jamais nulle part sans protection.

— Ce n'est pas ce que je veux dire et tu le sais bien. Je m'inquiète pour ton cœur.

— Pour que mon cœur soit impliqué, il faudrait que nous nous retrouvions pour autre chose que manger et discuter.

Si seulement je n'avais pas l'impression de mentir. Je m'étais attachée à Baz, et l'admettre devant quelqu'un me ferait plus de mal que lorsque je devrais lui dire que nous ne pourrions plus nous revoir.

Chose qu'il valait mieux que je fasse au plus vite.

J'avais une date limite, et ce n'était plus qu'une question de jours avant que ma vie ne change pour toujours.

— Tu sais que je ne vais pas te juger si tu décides de franchir une étape et d'avoir une aventure avant d'être enchaînée à Weber.

— Je t'adore de me dire une chose pareille, mais je ne vais pas démarrer une liaison qui ne durera qu'une semaine. Je veux simplement que nous restions amis.

— Ce que tu peux être naïve !

— Tu es vraiment con.

Lilly m'envoya un baiser et reprit son étude de la sculpture qu'elle avait passé la matinée à examiner.

— Certes, mais je ne cache rien à ma meilleure amie.

Reposant la loupe dont je me servais pour inspecter le tableau, je lui dis :

— Très bien. Demande-moi ce que tu veux savoir.

— Et si tu me disais ce qu'il fait dans la vie ?

— Il travaille dans le transport maritime.

— Ce qui pourrait signifier n'importe quoi.

Je levai les yeux au ciel.

— Cela a-t-il vraiment de l'importance ? Ce n'est pas comme si j'allais l'épouser. J'en sais probablement plus sur Baz que sur l'homme avec qui je vais vraiment me marier.

Elle haussa les épaules comme si elle était d'accord avec moi, puis continua ses questions.

— Quel âge a-t-il ?

— Vingt-neuf ans.

— Sur une échelle allant de *correct* à *torride*, où se situe-t-il ?

Je marquai un temps d'arrêt, songeant à ses yeux sombres et aux tatouages sexy qui couvraient ses bras et dont j'avais eu un aperçu lors de notre dernier rendez-vous au café. Nous avions débattu de la valeur perçue par rapport à la valeur réelle d'une œuvre d'art qui avait fait la une des journaux du monde entier, en raison du prix exorbitant qui avait été payé par un collectionneur.

Baz avait soutenu que l'acheteur avait fait une bonne affaire et, moi, qu'il l'avait payée trop cher. Baz avait alors retroussé ses manches et posé ses coudes sur la table pour faire valoir son point de vue. J'avais totalement perdu le fil de mes pensées, ne songeant plus qu'au fait que Baz était très sexy. Et qu'il était trop bien bâti pour un type qui travaillait dans une entreprise. Il m'avait fallu une bonne minute pour me raccrocher à la conversation.

— Je vais prendre ton silence, et la teinte rosée de tes joues pour un « torride-bouillant ».

— Peu importe.

— Est-il au courant pour ton mariage ?

— Oui.

— Vraiment ?

— Pourquoi lui aurais-je menti à ce sujet ? Ce n'est pas comme si je pouvais prétendre que ça n'arriverait pas.

— Tu marques un point.

— Sait-il qui tu vas épouser ?

— Non. Nous n'avons pas abordé le sujet depuis ce jour-là, chez Dimitri.

Nous n'en avions peut-être pas parlé, mais c'était comme un lourd poids entre nous.

Lilly se tapota la lèvre, perdue dans ses pensées.

— Autre chose ? lui demandai-je.

Je savais que si je répondais à toutes ses questions, elle me laisserait tranquille afin de terminer mon travail pour que je puisse rentrer à la maison avec suffisamment de temps pour faire une sieste.

J'avais à faire quant à la gestion des clubs, et je savais qu'il me faudrait la nuit pour tout organiser avec le personnel.

— Est-ce qu'il est grand ?

— Oui.

— Est-ce qu'il est bien bâti ?

— Oui.

— Est-ce qu'il est intelligent ?

— Oui.

— Est-ce que tu as envie de coucher avec lui ?

Avant de pouvoir m'autocensurer, je lui répondis :

— Oui.

Je me couvris le visage de mes mains.

— Oublie que j'ai dit ça. Cela n'a pas d'importance de toute façon.

— Bien sûr que si ! s'exclama-t-elle d'une voix inflexible, ce qui me surprit. Tu te retrouves dans un mariage arrangé pour sauver ta famille. Tu as le droit de t'amuser.

— Je ne suis pas du genre à tromper.

— Ce n'est pas de la tromperie, et tu le sais. Tu n'as même pas rencontré ce type. Bon sang, tu vas le rencontrer en même temps que moi ! Vis un peu, Isa ! Tu repousses les limites dans tous les aspects de la vie, sauf au niveau personnel.

— Et si je me fais prendre ?

Lilly me jeta un regard noir.

— Tu sais tout aussi bien que moi que personne ne le saura, à moins que tu en décides autrement. Espèce de garce sournoise.

— Je suis certaine que c'est un compliment.

— Je suis sérieuse. Va à un vrai rencard avec cet homme, aie une liaison, crée-toi des souvenirs que tu pourras emporter avec toi dans ce simulacre de mariage que ta famille t'impose.

— Je ne suis pas convaincue que ce soit une bonne idée.

— Bien sûr que c'en est une.

— Je ne peux pas.

— Bien sûr que tu peux.

— Non, Lilly. Je refuse de le blesser de cette manière, comme je refuse de me faire du mal, à moi. Ce sera déjà bien assez difficile comme ça.

— Alors, il s'agit plus que d'une simple amitié ? demanda Lilly avec un sourire éclatant.

Je soupirai.

— Cela n'a pas d'importance.

— Si, ça en a.

Elle était aussi têtue qu'un chien avec son os. Sans y réfléchir à deux fois, je m'emparai de mon téléphone et envoyai un message à Baz.

Isa : *Je ne peux pas te voir aujourd'hui. En fait, mieux vaut que nous ne nous revoyions plus. Je me marie dans une semaine, et nous ne faisons que repousser l'inévitable.*

Aussitôt, une réponse me parvint, mais je reposai le combiné sur le comptoir sans le regarder.

Lilly récupéra l'appareil et lut le message.

— Pourquoi faire ça ? Il veut te voir. Il te reste une semaine avec lui.

— Je ne suis pas avec lui, merde !

Je lui arrachai mon téléphone au moment où il se mit à sonner.

C'était un appel de Baz. Je l'ignorai, passai en mode silencieux et glissai l'appareil dans la poche arrière de mon jean.

— Laisse tomber. Je ne peux plus discuter de ça. Nous ne faisons que tourner en rond. Pourquoi est-ce que tu ne te préoccuperais pas de ta vie amoureuse, et de ce type que tu vois ?

Lilly se renfrogna. Depuis quelques semaines, elle fréquentait un gars qu'elle avait rencontré à une fête. Ils entretenaient ce genre de relation qui était chaude et intense la moitié du temps, et froide et distante le reste.

— N'essaie pas de détourner mon attention.

— Lilly, je t'en prie.

Je fus surprise que ma voix faiblisse.

Tout à coup, le poids de tout ce qui se passait dans ma vie me heurta. Je ne savais absolument pas ce que l'avenir me réservait au niveau de mes amitiés, de ma famille, de mes entreprises. Tout, dans ma vie soigneusement contrôlée, était dans la tourmente.

Je fermai les yeux et me pinçai l'arête du nez.

Les bras de Lilly m'entourèrent.

— Je suis désolée, Isa. Je ne me suis pas rendu compte qu'il était si important à tes yeux. Je n'aborderai plus le sujet. C'est une promesse.

Posant ma tête sur son épaule, je laissai couler une larme.

— Est-ce qu'on peut faire quelque chose ce soir ? Je crois que je n'ai pas le courage de m'occuper du planning pour les clubs. Il me faut juste quelque chose pour oublier tout ce qui se passe dans ma vie.

— Est-ce que tu es sûre que tu veux expérimenter mon genre de divertissement ?

— Ta version de la sauvagerie, c'est d'aller de bar en bar et d'être au lit à une heure du matin. Je crois que je pourrai suivre.

Lilly secoua la tête.

— J'ai l'impression que tu ne me connais pas du tout.

— Très bien, je te mets au défi de passer une nuit en ville, où tu ne rentreras pas chez toi à la seconde où l'horloge sonnera minuit.

— Défi accepté.

— Est-ce que tu t'amuses ? me demanda Lilly alors que nous attendions que la foule ne se calme.

— Quand tu m'as dit que tu allais me faire passer un bon moment, je ne m'attendais absolument pas à ce que tu m'emmènes dans un club libertin.

— Déçue ?

— Non, pas du tout.

En réalité, j'étais fascinée. C'était un monde que je n'avais jamais osé explorer. J'en connaissais l'existence, mais je n'avais jamais voulu prendre le risque de le voir, de peur de me rendre compte que je ne pouvais pas en faire partie. C'était sûrement pour cette raison que je m'étais énervée contre Baz ce jour-là, au bar.

— Je suis trop contente ! Reste ici, mon couple préféré est sur le point d'y aller. Je serai de retour sous peu.

— Où vas-tu ?

— Trouver Kane. C'est l'une des entreprises qu'il gère. Il veut te rencontrer.

— Je serai là quand tu reviendras.

À ce moment-là, un couple descendit vers une scène en contrebas, avec une croix de Saint-André placée dans un coin. La foule se tut, et toute l'attention se porta sur les personnes sur scène. Le dominateur et sa soumise étaient plus que magnifiques. La petite femme portait un peignoir rose pâle, et ses longs cheveux blond doré étaient retenus en queue de cheval. L'homme était grand, il mesurait plus d'un mètre quatre-vingts, et était bâti comme un lutteur. Ses vêtements étaient simples : un jean et une chemise boutonnée aux manches ourlées.

Lorsqu'ils furent au centre, ils se regardèrent droit dans les yeux, comme si le monde commençait et finissait avec leur partenaire. Il y avait de l'amour et de la confiance, une confiance totale.

Il dénoua la ceinture du peignoir de sa soumise et l'aida à le retirer. Elle portait un soutien-gorge en cuir noir avec des sangles qui se croisaient sur sa poitrine et un string fait de la même matière.

Après avoir jeté le peignoir sur un banc voisin, le dominateur embrassa sa soumise, puis la fit marcher à reculons jusqu'à ce que son dos heurte le coussin moelleux attaché à la croix de Saint-André. Il lui prodigua de légères caresses pendant qu'il lui fixait les menottes aux chevilles et aux poignets.

Son souffle devint irrégulier et sa peau rougit d'excitation. L'adoration qu'elle éprouvait pour son dominateur me fit mal au cœur.

Je ne vivrais jamais ça, ce genre d'affection, ce type de besoin pur.

J'allais épouser Sebastian Weber et je jouerais le rôle de l'épouse respectable, quoi que cela signifie. J'espérais seulement qu'il était plus gentil et moins égocentrique que son père, et que nous apprendrions à nous accepter mutuellement.

J'aurais peut-être dû creuser davantage pour en apprendre autant que possible au sujet de Sebastian. Au lieu de cela, en gros, je m'étais enfoui la tête dans le sable et j'avais fait comme si rien dans ma vie ne changerait.

Je n'étais qu'une idiote qui avait besoin de se ressaisir.

Il ne me restait plus que quelques jours pour trouver un moyen de cacher mes secrets aux Weber. Je pensais Jonas Weber tout à fait capable de s'en servir contre ma famille, s'il avait ne serait-ce que le moindre soupçon au sujet de mes clubs.

Sebastian serait-il comme Jonas ? Froid et égoïste ?

Me traiterait-il comme une marchandise à exhiber pour améliorer son standing ?

Comment Sebastian réagirait-il quand il découvrirait ce que je faisais en dehors de l'évaluation d'art ?

Bon sang, il y avait tant d'inconnues dans ma vie !

Je détestais même ne serait-ce que l'idée de devoir vendre mes clubs pour convenir à un rôle que je n'avais pas voulu au départ. Mais il fallait que je me prépare.

Lilly m'aiderait pour que les choses restent discrètes, mais elle ne connaissait rien au monde des boîtes de nuit et ne pourrait pas m'aider à les gérer. Il n'y avait que deux personnes à qui je pouvais faire appel, et il était nécessaire que personne ne découvre nos liens. Ana et Penny. Elles, ainsi que leurs familles, comprenaient cet univers et pouvaient tout diriger pour moi. Bon sang, Hagen, le mari de Penny, m'avait proposé d'acheter tous mes clubs, il y a quelque temps, quand il avait voulu s'accaparer le marché des boîtes de nuit d'Allemagne, mais j'avais refusé. Il m'avait fait promettre de le contacter en premier si jamais je décidais de vendre.

Le claquement d'un martinet sur la main du dominateur me sortit de mes pensées et ramena mon attention au couple.

Il fit deux fois le tour de son amante en murmurant des choses que je ne pouvais pas comprendre, puis, au moment où je m'y attendais le moins, il fit claquer les larges queues de cuir contre sa poitrine.

Elle se cambra à l'impact, le suppliant sans mot dire de lui en donner plus.

Au cours des dix minutes suivantes, le dominateur fouetta le moindre centimètre de peau exposée de sa soumise, faisant apparaître une légère couleur rosée sur la surface de son corps.

L'excitation s'accumula entre mes jambes, et mes mamelons pointèrent.

Quel effet cela me ferait-il d'être celle qui serait attachée à la croix, celle qui ressentirait la morsure du martinet, celle qui se perdrait dans les sensations ?

Je repoussai cette pensée. Cela ne servait à rien de m'aventurer par là.

Je ravalai la boule dans ma gorge.

Je n'aurais pas dû venir. J'aurais dû prendre une nuit de congé pour planifier les prochains mois dans mes clubs.

Il fallait que je sorte d'ici.

Je balayai la foule du regard à la recherche de Lilly. Je ne pouvais pas partir sans le lui dire. Elle comprendrait. Elle comprenait toujours.

— Oh, doux Jésus.

Cela ne peut pas arriver. J'eus le souffle coupé quand mon regard se posa sur Baz.

Il m'observait avec une telle intensité que je remuai sur place.

Que faisait-il ici ? Et pourquoi fallait-il qu'il soit aussi beau ? Ou qu'il me regarde de cette manière ?

Il portait un jean foncé et un t-shirt ajusté qui épousait la forme de ses bras musclés. Ses tatouages n'étaient pas couverts comme d'habitude, lui conférant une aura sombre et dangereuse, et déclenchant une envolée de papillons dans mon ventre.

Même ce soir-là, dans mon club, il n'avait pas eu autant l'air d'un prédateur.

Et je savais que j'étais la proie, sans le moindre doute.

Mon rythme cardiaque s'emballa dans ma poitrine et mon excitation liée à l'observation de la scène s'intensifia.

Baz mima les mots :

— Ne bouge pas.

La chair de poule, assortie d'angoisse, me picota la peau. Il se fraya un chemin autour de la foule qui observait le couple, jusqu'à ce qu'il arrive derrière moi.

La chaleur de son corps me fit l'effet d'une marque au fer rouge dans le dos.

Il ne me toucha pas, mais se pencha pour murmurer à mon oreille :

— Tu m'as posé un lapin.

— Je t'ai envoyé un message.

— Un message ne suffit pas. Surtout si c'est pour me dire que nous ne pouvons plus nous revoir.

Je m'humectai les lèvres.

— C'est mieux ainsi. Je me marie dans une semaine.

— Je pensais que nous étions amis.

Son souffle sur mon cou était plus érotique que la scène se déroulant devant nous.

— Nous ne pouvons plus être amis.

Il posa une paume sur ma taille, et un frisson remonta le long de mon échine.

— Pourquoi pas ?

— Tu sais pourquoi.

— Tu as envie de plus.

Je restai silencieuse et serrai les poings, luttant contre l'envie de poser ma main sur la sienne. Si je le touchais, je voudrais tout ce que je ne pouvais pas avoir.

— J'ai envie de plus aussi, dit-il alors que ses doigts fléchissaient sur ma taille. Je veux tout.

— Ce n'est pas possible.

— Et si je te disais que je te gardais même si tu me détestais ?

— Je t'en prie, Baz. Laisse-moi partir. Jamais je n'aurais dû accepter de te revoir.

— Tout comme je n'aurais jamais dû entrer dans ton club ce soir-là.

Il aurait mieux valu qu'il ne le fasse pas. Je ne l'aurais jamais rencontré et je n'aurais jamais su ce que je ratais en me mariant.

Avant que je ne puisse répondre quoi que ce soit, il ajouta :

— Mais le destin nous a réunis.

— Le destin s'est planté. Tu es arrivé trop tard.

— Peut-être, mais d'un autre côté, il t'a guidé dans mon club ce soir.

Je me figeai, lui jetant un œil par-dessus mon épaule.

— C'est ton club ?

— Oui.

Ses yeux noirs plongèrent dans les miens.

Cela signifiait que Kane travaillait pour lui et, également, qu'il avait des liens avec mon monde.

C'était mauvais. Si quelqu'un apprenait pour nous, cela pourrait lui coûter la vie.

— Pourquoi ne m'as-tu jamais dit que tu possédais un club *kink* ?

Je reportai mon attention sur le couple, refusant de le laisser voir ma vulnérabilité.

Il posa ses doigts sur ma mâchoire, la déplaçant jusqu'à ce que je le regarde de nouveau, et il fit courir son pouce sur mes lèvres.

— Parce que tu m'as demandé de ne plus jamais avoir de conversation comme celle que nous avons eue chez Dimitri, faute de quoi tu mettrais fin à notre relation. Il était hors de question que je prenne ce risque, ou que je perde ma chance d'être avec toi.

— Baz, je ne peux pas.

— Tu ne peux pas quoi ?

— Je ne peux pas être avec toi.

— Tu l'as déjà dit, répondit-il en relâchant sa main, me

faisant tourner pour contempler le couple. Regarde-les. C'était de cela qu'il s'agissait quand je t'ai parlé de renoncer à tout contrôle. Kiera fait suffisamment confiance à Liam pour mettre son plaisir et sa douleur entre ses mains. N'est-ce pas ce dont tu as envie, Isa ?

Baz glissa sa paume sur mon ventre et m'attira contre lui. Je fermai les yeux. J'adorais bien trop le côté possessif de son toucher.

Il fallait que je lui dise de laisser tomber, de ne pas me faire désirer des choses que je n'étais pas autorisée à avoir.

Je balayai l'étage des yeux, à la recherche d'un signe de Lilly, mais en vain.

— Regarde. Je veux que tu reportes toute ton attention sur eux. Ton amie est avec Kane. Il prendra soin d'elle.

— Tu savais que Lilly était mon amie ?

— Non. Kane a mentionné le fait que sa petite amie amènerait une amie ce soir. La chance a fait que, l'amie en question, c'était toi.

Je n'étais pas certaine qu'il s'agisse de chance, mais je gardai mon point de vue pour moi.

— Regarde-les, Isa.

Au cours des minutes suivantes, je me concentrai sur le couple, leur manière de se répondre mutuellement, la passion entre eux. Elle était à la fois sexuelle et pas vraiment. C'était comme si le dominant… Liam, était capable de lire en Kiera grâce au moindre subtil changement dans sa respiration. Il y avait un lien entre eux, semblable à ceux que j'avais remarqués entre les autres couples du club.

Le besoin de ce qu'ils avaient me submergeait, et avoir

Baz dans mon dos ne m'aidait pas. La pression de son corps dur, son odeur excitante, sa prise dominante sur moi.

Merde, j'étais tellement dans le pétrin ! J'étais sur le point de faire une chose qui – je le savais – me mènerait au désastre.

À la fin de la scène, des applaudissements retentirent et la foule se mit en mouvement. Mais j'étais incapable de bouger. J'étais fascinée par le couple. Les yeux de Kiera étaient maintenant fermés, comme si elle était perdue dans l'euphorie. Liam défit délicatement chaque sangle, la laissant s'affaisser contre lui. Puis, quand elle fut libérée, il la prit dans ses bras, l'embrassa sur le front et lui murmura quelque chose qui la fit sourire. Après l'avoir enveloppée de son peignoir, il la porta hors de la zone.

Baz était toujours derrière moi, sa prise tout aussi ferme que lorsqu'il avait posé sa main sur mon ventre.

— Tu rentres à la maison avec moi, Isa. Laisse-moi t'offrir ce dont ton corps a besoin. Ce dont ton esprit a besoin. Ensuite, nous parlerons. Nous parlerons de tout.

Parler ? Il n'y avait rien à dire alors que mon avenir était fixé. La seule chose que je pouvais faire, c'était de me concentrer sur le moment présent, sur lui, sur nous, pour une nuit. J'allais prendre quelque chose que je désirais. Je me confronterais à la réalité le lendemain.

Je n'aurais pas le choix.

— Emmène-moi à la maison, Baz. Offre-moi cette nuit.

CHAPITRE

Huit

Isa

Baz se déplaça jusqu'à se retrouver face à moi.

— Nous allons discuter. J'ai des choses à dire. Ensuite, tu prendras une décision quant à notre avenir.

— Non, dis-je en posant un doigt sur ses lèvres. Donne-moi tout ce que tu as promis. S'il nous reste du temps, alors nous parlerons. Mais tu dois savoir que jamais je ne pourrais être à toi. Je suis promise à un autre.

Il avait l'air de vouloir contester, mais il soupira et prit mon bras, me guidant hors du club, vers sa voiture qui attendait. Aucun de nous ne dit un mot durant le court trajet jusqu'à ce que nous atteignîmes un grand bâtiment surplombant la rivière.

À la seconde où le véhicule s'arrêta, le portier s'approcha et ouvrit ma portière.

Il me tendit la main pour m'aider à sortir et regarda Baz en souriant.

— Bienvenue, Monsieur…

— Les clés sont sur le contact, Bran, l'interrompit Baz avant que le portier n'ait fini sa phrase.

Il hocha la tête et passa du côté conducteur pendant que Baz faisait le tour par l'arrière

Nous nous fixâmes, le désir et les émotions de la nuit pesaient lourd entre nous.

— Prête ?

— Oui.

Nous pénétrâmes dans le somptueux hall d'entrée du bâtiment, que nous traversâmes jusqu'à un ascenseur en attente. Baz tapa un code sur un clavier dissimulé derrière un panneau métallique, et nous commençâmes immédiatement à monter.

La cabine s'ouvrit sur une vaste pièce remplie de sculptures que je savais être authentiques.

— Tu veux un verre ?

Nous avançâmes dans un salon très masculin, avec une vue à couper le souffle sur le ciel nocturne de Berlin.

— Non.

J'avais envie de m'approcher de lui, mais je n'étais pas certaine de la manière dont cela allait se passer. Je n'avais jamais rien fait de tel. Jamais je n'avais désiré quelqu'un avec une telle force.

— Baz. Fais quelque chose, dis-je d'une voix essoufflée, dévoilant l'incertitude et le désir que je ressentais.

Il resta de l'autre côté de la pièce à m'observer. Ses yeux étaient plus noirs que d'habitude.

J'avais des palpitations entre les jambes, et mon corps se languissait de son toucher.

Juste au moment où ma patience atteignait ses limites, Baz s'approcha de moi à grands pas, empoigna mes cheveux et posa ses lèvres sur les miennes.

Bon sang, il avait un goût incroyable : un mélange de whisky et de chocolat.

Mes bras s'enroulèrent autour de ses épaules et je répondis à ses exigences insatiables par les miennes. Il me dévora la bouche, me goûtant, me mordant, me consumant.

J'étais perdue en lui, dans les sensations et ce désir que j'avais prétendu pouvoir repousser. S'il fallait que je sacrifie mon bonheur pour ma famille, je profiterais de ce moment pour moi.

Il m'empoigna les fesses, plaquant mon clitoris contre son membre.

— Baz…

Je rejetai la tête en arrière, rompant notre baiser.

Il fit courir sa langue sur mon cou avant de murmurer :

— Tu as fait ton choix. Tu es à moi. Je vais m'enfouir profondément en toi avant la fin de la nuit.

— Oui. C'est ça que je veux. C'est toi que je veux. Quelque chose qui m'appartient avant que mon monde ne devienne une cage dorée.

Il se recula, et une ombre passa dans ses yeux presque noirs, avant qu'il ne la repousse et ne m'embrasse de nouveau.

Baz me fit reculer contre un mur, continuant à me dévorer.

— Je veux que tu retires ces vêtements. Tourne-toi.

Je me mis face au mur et ramenai mes cheveux par-dessus mes épaules. Il dézippa ma robe et suivit le chemin de la fermeture éclair avec sa bouche. Ma peau se réchauffa, comme si j'étais en feu. Jamais je n'avais été aussi excitée.

Le tissu de créateur glissa, s'accumulant à mes pieds. Ensuite, ce fut le tour de mon soutien-gorge et de ma culotte.

— Putain, tu es magnifique.

Le timbre profond de sa voix fit se contracter mon intimité.

Je jetai un coup d'œil par-dessus mon épaule et le vis en train de me regarder. Ses mains s'emparèrent de mes chevilles qu'elles écartèrent, puis, remontèrent de mes mollets jusqu'à mes cuisses. Ses pouces taquinèrent cette vallée où mon intimité plongeait.

Puis il saisit mes fesses.

— Parfaite.

Avant que je ne comprenne ce qu'il était en train de faire, il recula sa main et l'abattit sur mon derrière.

— Baz ! m'écriai-je alors qu'un feu se propageait dans mon corps et que, tout aussi rapidement, une délicieuse piqûre remplaçait la douleur.

J'appuyai mes doigts contre le mur pour m'aider à garder mon équilibre. Je laissai retomber ma tête sur le dos de ma main, inspirant fort.

— Encore ?

— Oui, haletai-je. J'en veux plus.

Je voulais beaucoup plus.

— Bien.

Sa paume me frappa encore et encore, s'attaquant à

différentes parties de mes fesses, jusqu'à ce qu'elle soit passée sur le moindre centimètre.

J'étais folle de désir, perdue dans le plaisir et la douleur.

Mon ventre se contracta, mais ce n'était pas suffisant. Il me fallait davantage pour me faire décoller.

Sa main chaude remonta sur l'intérieur de ma cuisse jusqu'à effleurer les lèvres de mon sexe trempé. Il plongea à l'intérieur, frottant de haut en bas, taquinant mon clitoris.

— Baz, je t'en prie.

— Merde, tu es trempée, dit-il avec un ronronnement. Il faut que je te goûte.

Il me fit tourner si vite que j'en eus presque le vertige. Hissant ma jambe sur son épaule, il me donna un grand coup de langue. Je m'agrippai à sa tête et rejetai la mienne en arrière.

— Je vais te faire crier, *Prinzessin*.

— Je suis… ça me va. Mieux vaudrait ne pas tarder.

Il rit en reprenant son assaut sur mon intimité. Il lécha, aspira, poussa, me conduisant de plus en plus près de l'orgasme. Je me tortillai contre lui, perdue dans mes sensations. Mes jambes faiblirent, et je vacillai. Baz me saisit les hanches et me maintint contre lui alors qu'il continuait de me pousser vers l'extase. Jamais je n'avais connu tant de plaisir auparavant. Mes seins étaient douloureux, et je frémissais. Je me cramponnai aux cheveux de Baz, me cambrant sous sa délicieuse torture.

Il enfonça une phalange en moi, qu'il recourba vers le haut. Aussitôt, mon orgasme se libéra alors que mon sexe se contractait et débordait d'excitation.

— Baz ! Oh, mon Dieu, Baz !

— C'est ça, bébé.

Il faisait entrer et sortir son doigt, prolongeant le plaisir qui se répandait dans tout mon corps.

— À moi. Chacun de tes orgasmes m'appartient.

Intérieurement, j'avais envie de lui dire que ce serait l'unique fois, mais j'en étais incapable. J'aimais ce qu'il venait de dire. Être à lui, lui appartenir, mais mon destin était établi et je devais protéger ma famille.

Je redescendis lentement alors que Baz essuyait sa bouche sur l'intérieur de mes cuisses et se libérait de mon sexe.

— Tu as un goût incroyable. Je vais devoir me rassasier de toi une nouvelle fois avant la fin de la nuit.

Je haletai et reposai ma tête contre le mur.

— Je l'espère vraiment.

— Avant qu'on n'en arrive là, j'ai vraiment envie de te sentir éclater autour de moi.

Il fit glisser ma jambe de son épaule et se releva lentement, veillant à garder une prise ferme sur mes hanches pour m'empêcher de tomber.

Son visage était aussi rouge que le mien et il avait le souffle court. Ses cils semblaient plus longs que d'habitude, conférant à sa masculinité brute une beauté qui ne seyait qu'à lui.

— Tu m'appartiens, répéta-t-il, m'attirant contre lui avant de me soulever dans ses bras.

Il bougea et me porta en direction de ce que je supposais être sa chambre. J'eus à peine le temps de remarquer les tons sombres de la pièce avant qu'il ne me dépose sur l'épaisse couette.

Passant sa chemise par-dessus sa tête, il la jeta derrière lui avant de se glisser au-dessus de moi.

Son corps dur et sculpté était encore plus beau que tout ce que j'avais pu imaginer au cours des cinq derniers mois. J'avais envie de suivre ses tatouages avec mes doigts, ma bouche, ma langue.

Avais-je déjà vu un corps aussi parfait ?

Non. Aucun de mes anciens amants ne pouvait servir de comparaison avec cet homme.

— Touche-moi, Isa. Je n'ai rien désiré d'autre depuis notre première danse.

Il se plaça au-dessus de moi, appuyé sur ses bras et ses jambes.

Sachant que ce serait sans doute la seule et unique fois où j'aurais l'occasion de le faire, je fis glisser mes doigts sur ses bras musclés, ses pectoraux et ses abdominaux, sentant ses muscles se contracter sous ma main.

Il ferma les yeux, comme si la caresse du bout de mes doigts était un baume pour son âme. Sa réaction fut la permission que j'attendais pour suivre les dessins des tatouages noirs et blancs qui sillonnaient son corps.

Certains d'entre eux recouvraient des cicatrices dont je ne connaîtrais jamais l'histoire.

Repoussant cette dernière pensée, je continuai d'explorer cet homme exquis.

— Plus fort. Je veux sentir tes ongles sur ma peau.

Je suivis son ordre, enfonçant mes ongles dans sa peau. Il eut la chair de poule, et un faible grondement jaillit de sa gorge.

— Plus bas, Isa.

Mes yeux descendirent jusqu'en dessous de sa taille. Son sexe érigé formait une longue et épaisse crête à l'intérieur de sa jambe de pantalon. Il ne pouvait pas être aussi imposant.

— Continue. Je veux que tu te rendes compte de l'état dans lequel je suis depuis cinq mois.

La main sur lui, je haletai.

C'était vraiment tout lui.

Allais-je vraiment le laisser mettre ce monstre en moi ?

Je frottai son sexe de haut en bas à travers son pantalon et fixai ses yeux sombres traduisant un désir mal contrôlé.

— Je te veux, Isa. Je te veux comme je n'ai jamais désiré aucune femme avant. Je veux m'enfouir en toi, et te montrer toutes les manières que je peux utiliser pour te faire jouir.

Oh, oui, j'allais sans le moindre doute le laisser *le* mettre où il voulait. Si je devais n'avoir plus jamais l'occasion de vivre ça, j'en profiterais ce soir.

Mon visage devait refléter mes pensées, parce qu'il posa la main sur ma mâchoire et me dit :

— Je ne veux pas que tu penses à autre chose qu'à ce qui se passe ici. Le monde au-dehors n'existe pas.

Comme je ne répondais pas, il resserra sa prise, et mon cœur manqua un battement.

— Tu comprends ?

L'exigence derrière ses paroles déclencha une décharge d'excitation dans tout mon corps. Il venait de me donner un petit aperçu du dominateur qu'il était, mais, jusqu'à présent, je ne m'étais pas rendu compte qu'il s'était retenu. Je voulais tout voir, mais je n'étais pas certaine qu'il me révélerait un jour cette partie de lui, ou si je pourrais le laisser s'en aller s'il le faisait.

Ce jour-là, dans le bar, j'avais été si en colère contre lui quand il avait essayé de me montrer ce que je voulais. Et aujourd'hui, je n'avais qu'une envie, tout essayer, au moins cette fois-ci.

— Oui, je comprends, murmurai-je.

— Maintenant, ouvre mon pantalon et libère-moi.

Je déglutis, relâchai ma prise sur son membre et ouvris le bouton et la fermeture éclair. Il ne m'aida pas ; il se maintenait au-dessus de moi. Je repoussai son pantalon au-delà de ses hanches et le long de ses fesses parfaites. Son phallus jaillit, frappant son ventre. Une perle moite coula de l'extrémité.

Oh bordel !

Je serais vraiment endolorie demain.

— Tu as peur ?

Sa manière de le demander m'indiqua qu'il était parfaitement conscient de son envergure, aussi bien en largeur qu'en longueur.

— Non. C'est ce que je veux. Je veux te sentir à chaque pas que je ferai.

Une lueur féroce apparut dans ses yeux.

— Alors, mieux vaut m'assurer que ce sera fait. Maintenant, termine de me déshabiller.

Mais au lieu de l'écouter, je tendis la main et recueillis la petite perle au bout de son beau membre. La portant à mes lèvres, je la léchai et ronronnai.

— Autant j'adorerais que tu grimpes sur moi et que tu me suces jusqu'à ce que je jouisse, mais j'ai envie de m'enfouir dans son sexe étroit. Retire-moi mes vêtements, Isa.

— Je suis un peu désavantagée pour accomplir tes instructions, vu que tu me gardes en cage.

— Tu vas trouver un moyen.

Je relevai les jambes et accrochai les boucles de la ceinture pour faire descendre le tissu jusqu'à ses genoux.

La légère courbure de ses lèvres m'indiqua qu'il n'avait pas anticipé cette approche de ma part.

— Tu ne cesses jamais de me surprendre, dit-il en terminant de retirer son pantalon. Tu ne ressembles à aucune des femmes que j'ai rencontrées. J'espère vraiment que tu ne me détesteras pas à l'avenir.

Pourquoi le détesterais-je ? Parce qu'il me poussait à le désirer ? Jamais.

Je pris son visage entre mes mains.

— Rien que toi et moi, ici. Rien d'autre.

— Isa, gémit-il avant de couvrir à nouveau mes lèvres.

Son corps dur s'abaissa sur le mien. Le fin duvet de son torse effleura mes mamelons, les tendant et les rendant douloureux. Soulevant mes hanches, je frottai mon clitoris contre la crête dure de son érection.

Sa langue glissa et roula contre la mienne, me gavant de son goût enivrant. Je cramponnai ses cheveux et m'accrochai à son épaule de l'autre main.

Enroulant mes jambes autour de sa taille, je me cambrai contre lui, savourant sa sensation de son sexe plaqué contre mon intimité trempée. Il fit rouler son bassin, me torturant en augmentant mon désir.

Rompant notre baiser, je haletai et lui demandai :

— Je te veux en moi. S'il te plaît.

— Il n'y a que toi pour supplier et exiger en même temps.

— Baz, gémis-je.

Il se redressa et attrapa un préservatif sur la table de chevet.

Quand l'avait-il mis là ?

Il déchira l'emballage et gaina son sexe. Je le regardai se caresser de haut en bas, et j'en eus l'eau à la bouche. Je voulais le goûter.

— Je vais te faire mienne, Isa. Aucun homme ne te donnera jamais ce que, moi, je vais te donner.

Je tendis les bras vers lui et il grimpa entre mes jambes écartées. Mais au lieu de positionner son sexe et de l'enfoncer, il se baissa, recouvrant mon clitoris de sa bouche et enfonça deux phalanges dans mon intimité.

— Oh, mon Dieu ! m'écriai-je en cambrant le dos.

Il me travailla avec ses doigts, sa langue et sa bouche, m'amenant au bord de la libération avant de ralentir.

Il répéta à deux reprises sa torture sadique.

— Arrête, Baz. Je t'en supplie. Laisse-moi jouir.

— Bientôt.

Il glissa vers le haut de mon corps, mais garda ses extrémités enfouies profondément en moi, continuant ses va-et-vient.

Quand je fus sur le point de crier, il les ressortit et les porta à ma bouche.

— Suce.

Je fixai sa main un bref instant avant d'ouvrir les lèvres, aspirant mon essence sur lui.

Il tendit le bras, s'empara de son sexe et le fit glisser de haut en bas le long de mon intimité détrempée. Mon pouls battait dans mes oreilles, et mon désir augmenta.

— Je t'en prie.

— Tu es à moi, Isa. Peu importe ce qui se passera, tu es à moi.

La vérité de ses mots me frappa. Jamais je n'avais appartenu à un autre homme comme je lui appartenais. Et lui aussi était à moi.

— Dis-le, Isa.

La tête bombée de sa verge franchit l'ouverture de mon vagin.

— Je veux tes mots.

La sueur perlait sur son front, révélant la contrainte qu'il s'imposait.

— Je suis à toi. Je t'appartiens. À personne d'autre.

— Pour toujours, dit-il en s'enfonçant plus loin. Dis-le.

— Pour toujours, gémis-je à l'instant où il me pénétrait jusqu'à la garde.

Nous criâmes à l'unisson.

Je me sentais complète, jamais je n'avais vécu une telle chose. Il palpitait en moi, sans bouger, même si je savais qu'il en avait envie. Il était si gros… presque trop gros.

— Respire, bébé. Détends-toi.

Le timbre doux de sa voix grave apaisa quelque chose en moi et détendit mes muscles.

— Ça va, lui dis-je, glissant mes doigts dans ses cheveux, l'abaissant vers moi pour un baiser avant de lui murmurer. J'ai besoin que tu bouges, maintenant.

— Je suis ravi de te rendre service.

Il commença par des coups de reins peu profonds, me laissant m'habituer à sa taille. Mon corps répondit, se fit plus humide, facilitant ses pénétrations. À la seconde où je me tortillai sous lui, ses mouvements se firent plus forts et énergiques.

— Oui ! Comme ça.

J'étais perdue dans la cascade de sensations ; mon sexe se contracta autour de son membre qui me pilonnait.

— Baz. Oh, mon Dieu… Baz.

— C'est ça, *Prinzessin*. Laisse-toi aller.

Mes ongles s'enfoncèrent dans son dos quand la première impulsion de l'orgasme me frappa.

J'entendis Baz siffler, et son membre durcit, comme si c'était encore possible.

Il saisit mes bras qu'il plaqua au-dessus de ma tête. Puis il posa son front contre le mien et me regarda droit dans les yeux.

— Si tu continues de faire ça, je vais éjaculer, et je ne suis pas prêt pour ça. Je veux te sentir jouir au moins deux fois avant que cela n'arrive.

La seule chose que je parvins à articuler en réponse fut « D'accord ».

Nous n'échangeâmes plus aucun mot, laissant nos corps prendre le dessus. J'étais perdue en lui, perdue dans son baiser et dans la sensation de lui sur moi et en moi.

Il tint mes bras, contrôlant ma réaction, et, quand j'éclatai, ce fut comme basculer d'une falaise, entre l'euphorie et la peur. Mon sexe se contracta et se resserra autour de lui, et mon esprit s'embruma, submergé par un plaisir que je n'imaginais pas connaître avec un autre.

— C'est ça, mon amour. Maintenant, donne-m'en un autre.

Il continua de me pénétrer, sans jamais me laisser redescendre de mon extase. Mon corps continua de glisser jusqu'à ce que j'explose encore, mais cette fois, je l'entraînai avec moi.

Il jouit aussi fort que moi, répétant :

— À moi, à moi, à moi.

Je fermai les yeux devant l'émotion que sa déclaration faisait naître en moi et je sus que je ne serais plus jamais la même.

Neuf

Je me réveillai en sentant ses lèvres sur mon épaule.

— Baz, gémis-je en me blottissant contre sa chaleur.

— Dors, bébé. Je vais passer quelques appels et ensuite nous devrons parler.

— Quelle heure est-il ?

— Un peu après 4 heures.

Cela ne faisait qu'environ une heure que nous nous étions endormis, après un marathon sexuel.

— Tu travailles au milieu de la nuit ?

— Je travaille à toute heure de la nuit, répondit-il, puis il m'embrassa l'épaule et fit courir ses doigts le long de ma colonne vertébrale. Quand je reviens, je prévois de m'enfouir profondément en toi de nouveau. Je t'ai fait la promesse que tu me sentiras à chaque pas que tu feras.

C'était déjà le cas. J'avais mal, mais de la plus délicieuse des manières.

— Tu vas devoir t'y tenir.

Je bâillai dans mon oreiller.

Baz gloussa et me laissa dans son lit.

La nuit dernière avait représenté tellement plus que ce à quoi je m'étais attendue. Jamais un homme ne m'avait fait jouir aussi fort que Baz, ni ne m'avait fait aucune des choses que lui m'avait faites.

Je l'avais laissé m'attacher, me fesser, me sauter.

Je ne m'étais pas attendue à me réveiller après notre première partie de jambes en l'air avec les mains ligotées à la tête de lit.

— Tu es attachée, bébé. Je suis sur le point de te montrer ce que signifie abandonner totalement le contrôle.

Les paroles enflammées qu'il avait prononcées faisaient encore accélérer mon rythme cardiaque et contracter mon ventre à cet instant.

Il avait sans nul doute tenu sa promesse. Maintenant, l'aube était presque là.

Chaque fois que je pensais au fait que la lumière du jour mettrait fin à mon temps avec Baz, mon cœur se remplissait de tristesse.

D'ici quelques heures, je partirais pour la maison de ma famille, sur la côte, afin de me marier avec un homme dont je ne savais presque rien, et ma nuit avec Baz resterait un souvenir précieux.

Autant me lever et passer chaque moment qu'il me restait avec lui. Je me glissai hors du lit, et attrapai la chemise de Baz qui se trouvait sur une chaise, dans un coin. Je la passai et relevai mes cheveux en un chignon lâche.

J'ouvris la porte sur le couloir vide. Me dirigeant vers le salon, je me retrouvai à m'arrêter devant une porte fermée.

J'entendis une vive conversation de l'autre côté. Baz avait l'air agacé.

Juste au moment où j'étais sur le point de m'éloigner, j'entendis :

— Tu te fous de moi, Weber ? Ce n'est pas parce que tu te maries que tu ne dois pas finir ta paperasse. J'ai déjà assez de merdes à gérer depuis que ton partenaire est parti. Sais-tu à quel point ça va être compliqué d'entraîner un Américain à nos méthodes ?

Weber ?

— Arrête de râler, vieil homme. C'est déjà rempli. Je m'en suis occupé. En plus, j'ai mes propres problèmes.

— J'en ai entendu parler. Comment vas-tu annoncer à ta fiancée que tu as passé les derniers mois à lui mentir ?

— Va te faire voir. J'avais l'intention de tout lui avouer, mais toi, abruti, tu veux un rapport.

Mon visage se vida de tout son sang et une vague de nausée me frappa.

Baz était un Weber. Comme dans *Sebastian Weber*.

Non, c'était impossible. Il ne me ferait pas une chose pareille. Je m'étais montrée honnête avec lui depuis le début.

— Écoute, une fois que nous aurons réglé cette affaire, tu pourras passer les prochains mois à ramper, rit la voix à l'autre bout de la ligne. J'aurais bien voulu avoir une caméra pour enregistrer l'infaillible Sebastian Weber en train de ramper.

C'était lui.

Il s'était joué de moi. Il m'avait utilisée.

Je plaquai ma main contre le mur, essayant de comprendre pourquoi il avait fait ça.

Ça n'avait aucun sens.

Était-ce une manière perverse de me faire tomber amoureuse de lui ? Bon sang, mais de qui m'étais-je éprise ?

Une larme coula sur ma joue.

Comment avais-je pu laisser une telle chose se produire ? J'aurais dû comprendre qu'il se tramait quelque chose quand il était arrivé au bar ce jour-là, dans le quartier de mes parents. Je me souvins qu'*Oma* avait dit que mon fiancé venait de partir.

C'était ça, l'affaire dont il avait parlé.

Bon sang, que j'étais idiote !

Je l'avais laissé se servir de moi.

Il était exactement comme son père.

Opérant un demi-tour, je me rendis dans la chambre de Baz… Non, dans celle de *Sebastian*. Elle avait notre odeur, celle de nos ébats, la sienne.

Comment pouvait-il me faire ça ?

Je récupérai mes vêtements empilés sur le sol et les enfilai. Quand je fus habillée, la douleur et la colère palpitaient en moi.

Je n'avais pas d'autre choix que d'aller jusqu'au bout, mais plus jamais je ne lui offrirais ce qu'il m'avait volé.

J'essuyai mes larmes en traversant le salon avant de franchir la porte d'entrée, m'assurant de ne pas faire de bruit en marchant.

Je n'étais plus la maîtresse de Baz. À partir de cet instant, j'étais le prix acheté par les Weber.

✻
✻✻

Aujourd'hui
Sebastian

— Tu es carrément foutu, entendis-je murmurer mon témoin, Lucas Flynn, quand la musique changea pour la marche nuptiale.

Je l'ignorai et contemplai Isa. Elle était plus que magnifique, bien au-delà de tout ce que je méritais. Elle portait une robe ajustée couleur ivoire, sans voile, qui correspondait à sa personnalité : moderne, simple et élégante. Rien à voir avec ce que l'on aurait pu attendre de la fille de l'un des hommes les plus riches d'Allemagne.

J'étais sur le point de l'entraîner dans un monde qui pourrait détruire non seulement ma famille, mais la sienne. Mais j'étais un enfoiré et, au lieu de dire à Jonas d'aller se faire voir, j'avais choisi de prendre l'empire, et la femme qui allait avec.

La passion et la joie que j'avais vues en Isa avaient disparu, remplacées par la colère et la douleur.

L'expression dure de Russo Benz indiquait qu'il n'était pas plus heureux de ce mariage que sa fille.

Au moment où il plaça la main d'Isa dans la mienne, il me dit :

— Je me fiche de qui tu es ou de ce que tu fais. Si tu fais souffrir mon bébé, je t'arracherai les membres un par un.

Je ne répondis rien, et menai Isa devant l'autel.

La cérémonie se déroula dans un flou de vœux, d'alliances et de prières. Je considérai cette dernière partie comme un sacrilège, au vu des affaires dans lesquelles les deux familles trempaient.

— Vous pouvez embrasser la mariée.

Nous échangeâmes un regard avant que je ne prenne son visage entre mes mains et ne l'attire vers moi. Le baiser était doux et tendre, mais froid, sans la moindre trace de la passion que nous avions partagée la semaine précédente.

— Isa, murmurai-je. Je suis désolé.

Elle ne dit rien, m'adressant simplement un petit sourire, destiné au photographe qui nous tournait autour.

Elle pivota pour faire face à l'église, tout comme moi, quand la foule se leva et applaudit.

Nous traversâmes l'allée et nous rendîmes dans l'antichambre. Nous devions y attendre que la sécurité ait évacué l'église et que mon chauffeur arrive avec la voiture. Je savais qu'Isa avait été informée du protocole.

À la seconde où nous entrâmes dans la pièce sécurisée, Isa me repoussa.

La fureur enflammait son visage.

— Comment as-tu pu ? Tu m'as fait... Tu m'as laissé croire... Jamais je ne te le pardonnerai.

— Je t'en prie, Isa, laisse-moi t'expliquer.

Je tendis la main vers elle, mais elle recula.

— Non, tu as eu ta chance. Tu as eu des tas d'occasions. Ce n'était pas comme si je n'allais pas t'épouser.

Les larmes qui emplissaient ses yeux étaient comme des coups de poignard en plein cœur.

— Je ne sais même pas si les choses qui se sont passées entre nous étaient réelles, ou si tout cela n'était qu'un jeu. Tout ce que je sais, c'est que plus jamais je ne te donnerai ce que tu as volé.

Avant qu'elle ne puisse s'éloigner encore, j'agrippai son bras, l'empêchant de s'échapper.

— Ce que tu as vu, c'était le vrai moi, pas le fils de Jonas Weber ni l'homme que les gens pensent que je suis. Tout ce que j'ai partagé avec toi était vrai.

— Conneries !

Elle contracta la mâchoire et tira sur son poignet, mais je la tenais trop fort pour qu'elle puisse se libérer.

— Ce ne sont pas des conneries. Tu en sais plus sur moi que quiconque.

— Si c'est vrai, alors pourquoi ton nom est-il Sebastian ? Tu m'as dit t'appeler Baz Klein.

Ses yeux bleus flamboyaient de colère et son souffle était irrégulier à force de lutter pour se libérer de ma prise.

Elle était terriblement belle, et je n'avais qu'une seule envie, la serrer contre moi et l'embrasser jusqu'à en perdre la raison.

— Tu ne réponds pas, vociféra-t-elle.

— C'est Baz. Baz était le surnom que ma mère me donnait quand j'étais petit. Personne ne m'a jamais appelé comme ça depuis sa mort. Et Klein était son nom de jeune fille.

Je lus la surprise dans son regard cobalt, mais elle disparut aussitôt.

— Ton nom n'a pas d'importance. Tu m'as menti.

— Je ne t'ai pas menti. Je t'ai juste caché des choses.

Ma réponse sonnait bancale, même à mes propres oreilles.

— Ne pas me dire la vérité sur qui tu es, c'est exactement comme me mentir.

— Je suis désolé, bébé.

— Je ne suis pas ton bébé. Je suis la récompense que ma mère a donnée à la tienne.

— Tu es plus que ça. Je te jure que j'allais te le dire.

— Quand ? Après avoir passé la nuit à me sauter et fait semblant d'être un autre homme ?

— Je voulais te le dire au matin, mais, quand je suis revenu dans la chambre, tu étais partie.

— À quoi est-ce que tu t'attendais ? J'ai entendu ta conversation.

Merde. Je me passai une main dans les cheveux. Elle n'était pas censée savoir quoi que ce soit à propos de cet aspect de ma vie. Personne dans le monde que je fréquentais en tant que Sebastian Weber ne le savait.

Je ne faisais qu'ajouter des mensonges aux mensonges.

Avant que je ne puisse répondre, les portes s'ouvrirent et je relâchai Isa.

Drew, mon chauffeur, passa la tête. Son regard fit la navette entre Isa et moi. Il ne faisait aucun doute que nous étions en pleine dispute houleuse, mais il garda une réaction neutre.

— Monsieur Weber, la voiture est devant, et prête à vous emmener à la maison des Benz.

— Nous serons là d'ici quelques minutes.

La porte se referma.

— Nous réglerons ça une fois que nous serons au

penthouse. D'ici là, tu pourras me détester autant que tu le voudras. Fais au moins semblant d'accepter, à défaut d'être heureuse. Ta famille a besoin de voir que tu n'es pas en colère.

— Pourquoi te soucies-tu de ce qu'elle ressent ? À compter de demain matin, tu seras l'héritier de tout ce que Papa a construit, et ton père recevra un bon gros héritage.

— En dépit de ce que tu crois, je n'ai rien en commun avec mon père. C'est un enfoiré qui aurait ruiné ma famille si *Opa* ne lui avait pas ordonné de me laisser gérer les choses. Je suis victime de ce bordel tout autant que toi. Je ne peux qu'espérer qu'un jour tu le verras.

Je lui offris mon coude.

— Allons-y. On nous attend.

Isa

Aux alentours 1 heure du matin, Sebastian et moi pénétrâmes en silence dans son penthouse. Contrairement à la dernière fois, je n'étais pas l'idiote qui était tombée amoureuse d'un homme qui n'existait pas.

La réception avait été plutôt morose, et tout le monde s'était comporté au mieux. Enfin, à l'exception de Jonas Weber. Il s'était assis à sa table, plein d'arrogance, faisant des plaisanteries.

Sebastian ne l'avait pas regardé deux fois. Je ne m'étais pas rendu compte à quel point il n'aimait pas Jonas. Peut-être Sebastian était-il lui aussi victime des manigances de son père, tout comme moi. Cela n'excusait toujours pas le fait qu'il m'ait menti et prétendu être quelqu'un d'ordinaire.

De qui me moquais-je ? Le Baz que j'avais rencontré

n'avait jamais été ordinaire. Je ne me serais pas montrée aussi intéressée s'il l'avait été.

— Veux-tu quelque chose à boire ? me demanda Sebastian alors qu'il retirait sa veste de *smoking*, la jetant sur un canapé et se dirigeant vers le bar géant qui occupait tout un mur de la pièce.

— Non.

Je descendis dans le salon en contrebas, très moderne, aux lignes droites et aux couleurs sombres.

Je n'avais pas fait attention à la pièce la dernière fois que j'étais venue. J'avais été bien trop concentrée sur nos ébats avec Baz.

Alors que je m'approchais des fenêtres donnant sur le ciel nocturne de Berlin, j'entendis le cliquetis d'une bouteille et le bruit d'un liquide qu'on versait dans un verre.

Au bout de quelques instants, Sebastian me dit :

— Isa, je veux que ça marche.

Je faillis en rire.

— Ce n'est pas comme si nous pouvions tout arrêter si cela ne fonctionnait pas.

J'étais incapable de cacher l'amertume dans ma voix. Amertume causée non pas par cette union, mais par la sensation d'être une idiote tombée amoureuse de lui.

— Ça compte pour moi. Je ne veux pas du genre de mariage que mes parents ont eu.

J'avais entendu des rumeurs selon lesquelles Jonas s'était comporté comme une ordure, autant avec sa femme qu'avec ma famille. Il ne s'était intéressé à elle que pour l'héritage qu'il avait obtenu en l'épousant.

— Tu aurais dû y penser avant de te faire passer pour quelqu'un d'autre.

— J'ai commis une erreur. J'aurais dû rester loin de toi, ou te le dire dès le début.

— Cela ne change rien à ce qui s'est passé. Tu m'as achetée. Tu me possèdes. Je suis ta propriété.

— Tu sais que je ne crois pas à cette merde.

Je fis volte-face.

— Vraiment ? En ce qui me concerne, nous venons tout juste de nous rencontrer.

— Merde, Isa ! Je suis le même homme.

— Peu importe. Je connais les règles. Je te donne mon corps en échange de moyens de subsistance pour ma famille.

— C'est vraiment comme ça que tu veux que ça se passe entre nous ? Un arrangement commercial ?

La dernière chose dont j'avais envie, c'était de me retrouver dans cette situation, mais Sebastian n'était pas mon Baz. Baz n'était que le fruit de mon imagination.

Lilly avait eu raison. On s'était moqué de moi.

— Oui.

Sebastian serra les dents et passa une main dans ses cheveux en signe de frustration.

— Très bien. Si c'est comme ça que tu vois les choses. Je peux être l'enfoiré que tu t'imagines. Rappelle-toi, j'ai grandi avec le numéro un dans cette catégorie.

— Je n'attends rien de moins.

Il s'avança vers moi et, sans réfléchir, je reculai. Il était en colère, mais pour une raison quelconque, je n'avais pas peur de lui. En fait, j'étais excitée.

Bon sang, c'était n'importe quoi.

J'étais désormais mariée à l'un des hommes les plus dangereux d'Allemagne, un homme qui m'avait menti pendant des mois, qui m'avait fait tomber amoureuse d'un fantôme, et j'étais là, excitée par sa colère.

Mon dos heurta la fenêtre une seconde avant qu'il ne saisisse ma mâchoire.

Je haletai.

— Ba… Sebastian.

Il se pencha jusqu'à ce que je sente la chaleur de son souffle et que je respire la légère odeur du whisky qu'il avait bu.

— Tu es à moi, maintenant. Comme tu l'as dit, je te possède. Et tu veux savoir quelque chose ?

— Quoi ? dis-je, essoufflée.

— Jamais je ne te laisserai partir.

Sa bouche s'abaissa vers la mienne et, au lieu de le mordre comme me le criait mon esprit, je vins à sa rencontre. Il était comme une drogue que je savais dangereuse, mais à laquelle je ne pouvais pas résister.

Il conserva sa prise sur mon visage alors qu'il approfondissait le baiser, et je passai les bras autour de ses épaules. Nos langues s'affrontèrent, roulant et glissant l'une contre l'autre. Nos lèvres se rencontraient, furieuses et affamées.

Son membre était épais et dur contre mon bassin, et un gémissement m'échappa.

Tout à coup, il se retira et rompit notre intense baiser. Nous étions tous les deux à bout de souffle, haletants. Ses yeux étaient presque noirs et son visage, rougi.

Soutenant mon regard, il dénoua son nœud papillon, le

fourra dans la poche arrière de son pantalon, puis déboutonna sa chemise jusqu'à ce que son époustouflant torse tatoué soit exposé.

Retirant le tissu blanc, il le jeta derrière lui, et celui-ci atterrit sur le canapé.

Il ressemblait à un ange déchu, quelque chose d'interdit, mais de trop tentant pour y résister.

Ma gorge s'assécha et mes seins gonflèrent, changeant mes mamelons en bourgeons serrés et durs se languissant de ses caresses. Mon clitoris palpita et mon sexe devint moite d'excitation.

— Tourne-toi et pose les mains sur la vitre.

Le ton de sa voix était différent, ne ressemblait en rien à ses habitudes.

Cela me donnait à la fois envie de m'enfuir et de lui obéir.

— Isa, maintenant.

Mon corps bougea par sa propre volonté et pivota. Je pressai le bout de mes doigts contre la vitre fraîche.

— Que vas-tu faire ?

— Tu devras le découvrir.

— Pas de fessée. Tu n'as plus le droit.

Il empoigna mes cheveux et les tira en arrière, plus fort qu'il ne l'avait jamais fait.

— Tu ne peux pas dire non. Rappelle-toi, tu es ma propriété. Je peux faire de toi ce que je veux.

Il écarta mes jambes d'un coup de pied, resserrant le tissu de ma robe autour de mes jambes.

— Merde, tu as des fesses incroyables !

Relâchant mes cheveux, il empoigna fermement mon derrière.

Sa prise presque douloureuse fit remonter à mon esprit des images de cette nuit où il avait rougi mes fesses, et le plaisir que j'en avais retiré.

Je n'aurais pas dû le laisser faire. Je ne lui faisais pas confiance. Je ne pouvais pas lui faire confiance.

Lentement, il fit remonter ses mains sur mes fesses, ma taille et mes seins, les saisissant avant d'en pincer les pointes à travers le haut brodé de ma robe de mariée.

— J'espère que tu ne tiens pas à cette robe.

Avant que je ne comprenne ce qu'il faisait, il agrippa l'arrière, là où se trouvait la fermeture éclair, et déchira le tissu en deux.

Je haletai et couvris ma poitrine, rassemblant les lambeaux devant moi. Oui, j'avais bien conscience qu'il m'avait vue sous toutes les coutures, mais ce n'était comme la dernière fois où nous avions été ensemble.

— Relâche tes mains. Jamais tu ne devras me cacher ton corps. J'ai le droit de te regarder quand je veux. Surtout depuis que tu es ma *propriété*.

L'accent qu'il mit sur le mot « propriété » me montra sans équivoque qu'il était furieux que je me sois désignée de cette manière.

— Que suis-je alors ? lui demandai-je sans laisser retomber mes mains.

Il passa ses doigts le long de ma colonne vertébrale, commençant à la ceinture de mon string. Ma peau se couvrit de chair de poule.

Quand il atteignit la base de mon cou, ses lèvres remplacèrent ses doigts, et je ne pus m'empêcher de me cambrer contre sa caresse.

— Ma femme, mon amante, à moi.

Sa langue suivit le chemin que ses doigts venaient d'emprunter.

— Ce n'est pas si simple.

— Bien sûr que si. Baisse les bras. Laisse retomber la robe.

— Et si quelqu'un nous voyait à travers la fenêtre ?

— Elles sont teintées. Je tiens à mon intimité. Personne ne peut voir depuis l'extérieur. Maintenant, fais ce que je te dis.

Fermant les yeux, je laissai glisser de mes bras ma robe en ruine qui tomba à mes pieds.

— Maintenant, je vais m'assurer que tu gardes tes mains là où je les veux.

Il captura mes poignets avant que je ne puisse bouger et les plaça au-dessus de ma tête, sur la vitre. Puis il entoura mes mains d'un ruban noir. Non, ce n'était pas un ruban. C'était son nœud papillon.

Mon pouls s'emballa. C'était le genre de choses qui me faisaient fantasmer, mais jamais je n'aurais imaginé les vivre.

Le scintillement de l'alliance à son annulaire alors qu'il nouait son nœud papillon me fit ressentir la même possessivité qu'il avait exprimée quelques instants plus tôt. Je perdais vraiment la tête avec cet homme. Comment pouvais-je avoir à la fois envie de le frapper et l'embrasser ?

— Laisse-les là. Si tu les bouges, je te fesserai, et je ne te laisserai pas jouir.

— Pas de fessée.

Immédiatement, je sentis la brûlure de sa paume contre mes fesses.

— Merde ! haletai-je.

Il frotta la zone douloureuse.

— Maintenant, redis-moi que tu n'en as pas envie. Dis-moi que ton magnifique derrière n'a pas envie de plus, ou qu'il n'est pas en train de pousser ma main à cet instant.

Je me figeai quand je me rendis compte que je recherchai son contact.

— Je te déteste !

— Non, c'est faux. Tu es juste en colère que l'homme avec qui tu as eu une liaison soit celui que tu as fini par épouser.

Je lui jetai un regard irrité.

— Non, je suis en colère parce que l'homme que je croyais connaître s'est avéré être un imposteur.

— Sois en colère tant que tu veux. Tu es quand même mariée avec moi, et à toutes mes facettes.

Je faillis lui demander ce qu'il voulait dire par là, quand il déplaça le bas de mon string et enfonça un doigt profondément en moi.

— Oh, mon Dieu ! gémis-je, à présent agacée par mon propre corps sa façon d'en réclamer davantage.

— Tu dégoulines, murmura-t-il avant de se retirer et d'amener ses doigts à mes lèvres. Suce.

— Tu ne crains pas que je te morde ? Je suis d'humeur mordante.

Il recouvrit ma bouche de mon essence.

— Vas-y. Ce sont tes fesses qui en subiront les conséquences. Maintenant, ouvre.

Je lui obéis, laissant le goût de mon excitation exploser sur ma langue.

— C'est bon ?

Je hochai la tête.

— Voyons si je suis d'accord.

Il agrippa mes cheveux, tirant ma tête en arrière, et couvrit ma bouche de la sienne.

C'était un baiser dévorant et très différent de ce que nous avions partagé auparavant. Comme si, maintenant que la vérité avait éclaté, il ne se retiendrait plus.

— On dirait l'ambroisie des dieux, murmura-t-il en reculant. J'ai une question pour toi.

— Quoi ?

— Le martinet, ou ma main ?

— Tu n'es pas sérieux. *Pas de fessée.*

— Alors, ce sera le martinet.

Cette idée me réchauffa les entrailles, mais étais-je prête ? Je n'étais jamais allée plus loin qu'une fessée, que nous avions partagée il y avait à peine une semaine de cela.

— Je ne suis pas sûre.

Nous n'avions même pas encore décidé comment tout cela fonctionnerait entre nous. Bon sang, j'étais encore tellement blessée et en colère contre lui !

J'étais en train de perdre la tête.

— J'ai vu ta réaction devant la scène, au club. Je sais que tu avais envie de ressentir la même chose que Kiera. La seule chose pour laquelle je suis très doué, c'est pour déchiffrer les gens.

Je laissai retomber ma tête contre la vitre.

— Je me suis promis de ne plus te laisser prendre cette partie de moi.

Il passa les mains autour de moi, les posant sur les miennes, et son torse dur se colla contre mon dos. C'était comme être enveloppé par sa chaleur, par sa force.

— Je ne vais rien prendre. Il s'agit pour toi de te donner à moi, librement. Si tu me dis que tu ne le veux vraiment pas, alors ça n'arrivera pas.

J'ouvris la bouche pour lui dire que je voulais que ça s'arrête, vraiment, mais je fus incapable de formuler les mots.

— Si je te dis que je ne veux pas le faire, tu me laisseras tranquille ?

— Tu en as envie ?

Son parfum délicieux me chatouilla le nez, et ma tête retomba contre son cou.

— Tu m'embrouilles. Pourquoi ai-je autant besoin de toi ? Je devrais te détester.

— Mais ce n'est pas le cas. Maintenant, dis-moi : le martinet ou ma main ? Tu en as besoin autant que moi.

J'inspirai profondément, sachant que je n'y mettrai pas un terme. Je voulais sentir la morsure des fines lanières de cuir contre ma peau, et le plaisir douloureux que j'avais vu Kiera éprouver.

— Martinet.

Je sentis ses lèvres se courber contre ma peau.

— Bon choix. Reste ici. Et ça veut dire que tu ne dois pas bouger un muscle.

Il s'écarta de moi, et sa présence, sa chaleur me manquèrent aussitôt, comme son corps dur.

Je n'arrivais pas à croire que j'allais vraiment le laisser me flageller après tout ce qui s'était passé.

Comme me l'aurait dit Lilly, il m'avait « sexpnotisée ». C'était la seule explication. Une nuit de sexe incroyable m'avait donné envie de plus, alors même que la logique m'imposait de me battre de toutes mes forces contre lui pour m'avoir menti.

Au bout de quelques minutes, je commençai à m'agiter.

Bon sang, mais où était-il parti ?

Je tournai la tête pour regarder derrière moi, et le vis, assis sur l'accoudoir du canapé, le martinet à la main. Sa manière de me regarder me fit penser au dominateur du club, Liam. Mais contrairement à lui, Baz avait une aura autour de lui qui me faisait contracter le ventre.

— Pourquoi es-tu assis là ?

— J'attendais que tu résolves tous les tourments que tu as dans la tête.

— Cela n'arrivera pas de sitôt.

Il se leva et s'avança dans ma direction.

— Alors peut-être que ceci t'aidera à les oublier pendant un certain temps.

Il posa une main sur mon dos, plaquant mes seins nus contre le verre froid.

— Je vais commencer par des caresses lentes, et puis, de plus en plus fortes jusqu'à ce qu'une légère teinte rose recouvre chaque centimètre de ta peau exposée. La seule manière de m'arrêter, ce sera de prononcer un mot de sécurité. Quel est ton mot de sécurité, Isa ?

Nous allions vraiment le faire.

J'y songeai une seconde, avant de dire :

— Tromperie.

Je pus presque l'entendre contracter la mâchoire.

— Tromperie, très bien. Commençons.

Je me préparai à la brûlure du martinet, mais ce que je ressentis, ce furent ses mains chaudes qui caressèrent ma peau, mes mollets, mes cuisses et tout mon dos.

La douceur de son toucher me mit les larmes aux yeux. C'était comme s'il mémorisait chacune de mes courbes.

Je haletai lorsque ses lèvres effleurèrent le bas de ma colonne.

Ce n'était pas ce que je voulais. Il était censé m'aider à me perdre dans la sensation de la douleur mêlée au plaisir. Pas à me pousser à avoir autant besoin de lui.

Quand ses lèvres arrivèrent sur ma nuque, des picotements parcoururent mon corps, et mon cœur se serra.

Sans m'en rendre compte, je murmurai :

— Tromperie.

Sebastian se figea, puis tourna mon visage sur le côté pour que je le regarde.

— Nous n'avons même pas commencé.

— Je ne peux pas, pas aujourd'hui alors que tu me touches comme ça. Comme si je représentais quelque chose pour toi.

— Tu représentes quelque chose, Isa. Ç'a été le cas depuis le moment où nos yeux se sont croisés dans ton club, m'expliqua-t-il en me fixant. Qu'est-ce que tu veux faire ? Arrêter complètement ?

Je ne voulais pas prendre cette décision. Je voulais qu'il

le fasse pour moi, mais ce n'était pas ainsi que cela fonctionnait.

— Je veux que tu me prennes, pas de *kink*, on ne fait pas l'amour. Prends-moi, simplement. Je ne veux penser à rien d'autre qu'à la sensation de toi en moi.

La douleur traversa ses yeux sombres alors qu'il reculait. Sans ajouter un mot, il défit ses chaussures et déboutonna son pantalon, qu'il laissa tomber sur le sol, suivi de son boxer. Son membre, épais et lourd, pointait vers le haut.

Il en empoigna fermement la base, et une perle de moiteur s'en échappa.

Son regard féroce, tandis qu'il s'avançait vers moi en se caressant, déclencha des spasmes au creux de mon ventre.

À l'évidence, nous n'allions pas utiliser de préservatif. Je n'avais jamais fait ça auparavant, et l'idée était à la fois effrayante et excitante.

C'était mon mari, un homme qui m'avait brisé le cœur, qui serait le père de mes enfants, l'homme qui semblait m'avoir ensorcelée tant et si bien que je le désirais plus que quiconque.

Il posa une main sur mes poignets liés, me plaquant contre la vitre froide. Mes mamelons durcirent.

Il glissa la longueur de son érection entre mes fesses et la fente de mes lèvres intimes, s'arrêtant à mon clitoris pour frotter le bourgeon de nerfs sensible avec son bout bombé.

Je ne pus retenir mon gémissement.

— Est-ce que tu as envie de ça ?

Comme je ne répondais pas, il répéta cette délicieuse torture.

— Je t'ai posé une question.

— Ou-ou-oui.

— Tu veux arrêter de réfléchir ?

— Oui.

— Tu veux me sentir te pénétrer ?

— Oui.

— Oui, *quoi* ?

— S'il te plaît, le suppliai-je.

J'étais en train de perdre la tête.

— Mauvaise réponse, dit-il en frôlant mon sexe, augmentant ma frustration. La bonne réponse est « Oui, Baz ».

Je lui jetai un regard noir par-dessus mon épaule.

— Oui, Sebastian.

— C'est encore une mauvaise réponse.

Il s'enfonça un peu plus loin et se retira immédiatement.

Je serrai mes liens, laissant tomber mon front contre la vitre.

— Je ne le dirai pas. Tu n'es pas mon Baz.

Il se pencha et mordit la jonction de mon épaule et de mon cou.

— Nous sommes la même personne. L'une est celle que je dois être, l'autre est celle que je suis avec toi.

J'avais envie de le croire.

— Dis-le, Isa.

Une larme roula sur ma joue.

— Baz.

Il s'enfonça jusqu'à la garde.

— Dis-le encore.

Il se retira.

— Baz.

— C'est ça. Je suis Baz.

Il entama un rythme implacable, me pilonnant.

Mon sexe frémit, passant par de lentes impulsions.

— Encore. J'ai besoin de plus.

— Tu prendras ce que je te donne, répondit-il en plaquant son corps contre mon dos, ne laissant aucun espace entre sa peau et la mienne. Tu es à moi, Isa.

Il se retira avant de s'enfoncer de nouveau.

— Je vais prendre le contrôle, mais pas ce soir. Je veux que tu saches que c'est moi qui te prends. Pas n'importe qui.

— Baz, je t'en prie. Plus fort !

Il accéléra le rythme.

— C'est ton mari qui te saute. Tu ne l'oublieras jamais.

Il glissa les doigts entre moi et la fenêtre, trouva mon clitoris et le caressa tendrement.

— Oui ! m'écriai-je alors que mon corps s'envolait vers l'extase.

Mon sexe se contracta autour de lui pendant qu'il me pilonnait, le trempant de mon nectar.

— Putain, putain, merde ! Je ne peux pas me retenir plus longtemps.

Sebastian jouit dans un rugissement sonore, m'emplissant de sa semence.

CHAPITRE

Onze

Sebastian

J'essayai d'apaiser ma respiration et de dompter les palpitations de mon cœur. Je venais de vivre le plus incroyable orgasme de ma vie, avec la femme de mes rêves. Maintenant, il fallait que je trouve le moyen de sortir du chaos que j'avais créé avec elle.

À contrecœur, je soulevai mon poids de son corps et me libérai de son sexe étroit.

Bon sang, j'étais encore à moitié dur.

Peu importait à quel point j'avais envie de m'envoyer en l'air avec elle, nous devions parler.

— Allons te nettoyer et te mettre au lit. Nous devons avoir une longue conversation.

Elle remua, releva la tête de la vitre.

— Est-ce que le sexe entre nous sera toujours aussi intense ?

J'espérais que cet état d'ivresse sexuelle lui permettrait d'écouter ce que j'avais à dire. Il y avait des choses que je devais partager avec elle, et d'autres dont je ne pourrais jamais lui parler. Je n'avais pas menti quand j'avais parlé de mes facettes. J'étais le truand impitoyable que le monde croyait, mais aussi l'homme qui se servait de sa position pour arrêter et faire tomber des ordures pires que moi.

— Je n'ai aucun doute là-dessus.

J'embrassai son dos nu et détachai ses poignets, frottant ses bras en les faisant descendre.

Elle gémit.

— Je ne crois pas avoir assez d'énergie pour marcher.

— Eh bien, c'est parfait. Ça veut dire que tu seras un public attentif pour la discussion que nous allons avoir.

Je la soulevai dans mes bras, la laissant se blottir contre ma poitrine.

— Je suis toujours en colère contre toi.

— Je ne m'attendais pas à autre chose. Mais je ne suis pas le salaud que tu crois.

Elle releva la tête et haussa un sourcil.

— Très bien, je *suis* un salaud, mais j'ai mes raisons.

La portant jusqu'à la chambre, je la déposai sur le lit et sentis mon cœur manquer un battement.

Elle ressemblait à une déesse, avec ses lèvres gonflées par les baisers, ses cheveux noirs ébouriffés et ses yeux, si bleus qu'ils semblaient artificiels. J'avais eu mon compte de mannequins, d'actrices et de mondaines, lisses et parfaites, mais aucune n'arrivait à la cheville de cette femme.

Ma femme.

— Je reviens.

J'allai dans la salle de bains et revins avec un gant de toilette chaud et humide, et je me posai à côté d'elle.

Alors que je nettoyais ma semence entre ses jambes, je sentis mon sexe passer de mi-dur à totalement en érection. J'étais dur en permanence quand j'étais près d'elle.

Elle enroula ses doigts autour de moi, me serrant fermement, me faisant siffler.

Je tentai de retirer ses mains de mon membre.

— Il faut qu'on parle, Isa.

Cela ne la dissuada pas.

— Je n'ai pas envie de parler. Je veux m'envoyer en l'air. Nous avons le reste de notre vie pour discuter.

Je fermai les yeux et rejetai la tête en arrière alors qu'elle entamait un mouvement de bas en haut.

— Bébé, j'essaie de réparer le chaos que j'ai créé.

Mes paroles résonnèrent comme une prière.

Bon sang, elle me poussait à la supplier. Jamais de la vie je n'avais supplié qui que ce soit. Mais d'un autre côté, jamais je n'avais été ainsi avec une autre.

J'avais passé ma vie à perfectionner l'image que j'avais créée. Cela m'aidait à rester au top dans les affaires et à effrayer tous ceux avec qui je traitais. Mais cette femme me rendait doux.

Merde, j'avais passé plus de cinq mois en rencards autour d'un café, au cours desquels je n'avais jamais rien fait d'autre que de lui parler.

J'étais constamment frustré sexuellement en sa présence.

— Je ne veux pas arranger les choses maintenant. Je veux autant de sexe que possible.

Elle repoussa ma poitrine jusqu'à ce que je sois sur le dos.

— Merde, Isa. J'essaie de faire ce qu'il faut.

Je vis la fureur au fond de son regard quand elle grimpa sur moi.

— C'est un peu tard pour ça. Pour l'instant, je veux les privilèges du corps que j'ai obtenu quand on m'a vendue à toi.

J'empoignai ses cheveux alors que ma colère grandissait pour s'accorder à la sienne.

— Je ne t'ai pas achetée. Je n'ai pas eu le choix non plus. J'étais à l'université, aux États-Unis, quand tout cela a été négocié.

D'un coup, elle rompit ma prise et cloua mes mains sur le lit.

Je ne pus cacher ma surprise en la voyant se placer au-dessus de moi, les lèvres de son intimité placées sur la longueur de ma verge tendue.

— J'ai dit, lança-t-elle d'un ton mordant, que je voulais m'envoyer en l'air.

Elle glissa de haut en bas sur moi, m'enduisant de son excitation.

Je savais reconnaître une bataille perdue d'avance quand j'en voyais une.

— Laisse tes mains ici.

— On s'amuse ? C'est coup pour coup ?

— Appelle ça comme tu veux. Je veux profiter de ce corps qui m'appartient.

La dernière chose à laquelle je m'attendais, c'était le ton

possessif de sa voix. Si elle pensait me posséder, alors loin de moi l'idée de la contredire.

— Vas-y, revendique-moi.

Elle approcha son visage du mien.

— On ne parle pas.

Elle m'embrassa avant de descendre vers mon cou, au-dessus de ma clavicule et plus bas avec sa bouche. Quand sa langue fit le tour de mes tétons sensibles, je me redressai.

— C'est trop, bébé. Trop.

Elle releva la tête.

— Je n'ai même pas encore commencé à te torturer.

Son sourire diabolique fit suinter mon membre sur mon ventre. Si elle continuait comme ça, je jouirais comme un foutu adolescent.

Elle descendit plus bas, déposant des baisers sur mon torse et mes abdominaux.

Je fermai les yeux quand son sexe glissa plus bas, et que ses lèvres ne furent plus qu'à quelques centimètres de mon membre.

Elle en saisit la base et lécha le tour de la tête engorgée, ronronnant à chaque caresse de sa langue.

Je frémis alors qu'elle continuait de me taquiner.

— Plus serré, serre-moi plus fort, lui ordonnai-je, savourant la sensation de son toucher.

Elle m'obéit, sans s'offusquer comme je m'y attendais. Je devins plus dur entre ses mains, et je ressentis l'envie de prendre le dessus.

— Suce-moi, Isa. Prends-moi profondément dans ta bouche.

Mes paroles lui arrachèrent un gémissement, et ses

lèvres pleines s'abaissèrent. Sans réfléchir, je baissai les mains pour agripper ses cheveux. Bon sang, que j'aimais cette crinière sauvage !

Elle me prit lentement, travaillant de haut en bas jusqu'à ce que mon membre heurte le fond de sa gorge. Alors, elle fit une chose qui faillit me faire perdre la tête. Elle déglutit, contractant cette bouche incroyable.

— Isa. Recommence ça. Putain. Fais-le encore.

Elle me travailla avec application. La succion érotique et si douce était plus intense que tout ce que j'avais connu.

J'ouvris les yeux et les plantai dans les siens, si bleus et emplis de plaisir et d'une satisfaction arrogante.

Elle levait et abaissait son poing au rythme de sa bouche et de sa langue.

Mes bourses se tendirent, et je compris que j'étais sur le point de perdre tout contrôle.

— Isa, arrête maintenant ou je vais jouir dans ta gorge.

Je crus un instant qu'elle m'ignorerait et me laisserait me perdre dans sa bouche, mais elle me relâcha avec un petit bruit et un sourire espiègle.

Elle remonta sur moi jusqu'à ce que son sexe frôle le mien. C'était une vue incroyable, ses lèvres gonflées et humides après m'avoir sucé, et son visage rougi.

— Je vais te prendre maintenant, Sebastian.

Je plissai les yeux et me redressai jusqu'à être assis, et je lui saisis les hanches.

— Le seul homme que tu prendras, c'est Baz.

Elle releva mon défi.

— Tu n'as pas gagné le droit d'être mon Baz.

— Crois ce que tu veux. Je ne serais jamais personne d'autre. Pas avec toi, en tout cas.

Je la soulevai puis l'abaissai, enfouissant mon sexe dans sa chaleur liquide.

Elle laissa échapper une plainte et sa tête retomba en arrière. Elle haletait.

— Bon sang, c'est une sensation incroyable.

Je fis glisser mes mains le long de son corps. Je saisis ses seins parfaits dont je taquinai les bourgeons tendus, jusqu'à ce qu'ils durcissent encore.

— Chevauche-moi, bébé.

Elle passa les bras autour de mes épaules et se souleva en se servant de ses genoux, puis s'abaissa en un mouvement lent et langoureux, en faisant tourner ses hanches de façon à me rendre fou.

— Isa, gémis-je, savourant l'étreinte de son sexe autour le mien.

Je baissai la tête pour aspirer l'un de ses délicieux mamelons dans ma bouche.

— Oh, mon Dieu, geignit-elle, continuant de me comprimer avec ses lents va-et-vient. C'est tellement bon !

— C'est vrai. Tu es tellement humide. Je suis trempé.

Elle accéléra le rythme, se fit plus brutale, et je sus qu'elle était sur le point de basculer.

Glissant mon pouce vers son clitoris, je le pressai. Aussitôt, son sexe frémit et son souffle devint irrégulier.

— Jouis, mon amour. Jouis fort sur moi.

Comme si elle avait attendu mon ordre, elle jouit de manière explosive, se contractant si fort autour de moi que je vis des étoiles et qu'elle me fit succomber à l'extase à mon tour.

***

Peu après 10 heures du matin, j'entrai dans la maison de mon enfance en sachant que j'étais sur le point de faire la seule chose dont je rêvais depuis que j'étais petit garçon.

Mettre Jonas Weber à la porte de la maison et de l'entreprise familiale. Passé minuit, alors que j'étais profondément enfoui en ma femme, j'étais devenu propriétaire à 100 % de *Weber International*. Plus question pour lui de tenir la compagnie ou mes responsabilités comme une épée de Damoclès au-dessus de ma tête. Plus besoin d'attendre le jour où cette ordure, qui n'était mon père que par le nom, cesserait de m'imposer sa présence. La hiérarchie avait changé et, aujourd'hui, je tenais la barre.

Mais cette passation de pouvoir m'imposait de garder un œil encore plus attentif sur Jonas. Peu importait que le marché ait été exécuté et qu'il ait hérité d'un fonds d'un montant exorbitant en tant que chef de famille à la retraite, il en voudrait plus. Rien n'était jamais suffisant pour lui. Cela ne me surprendrait pas que Jonas claque tout l'argent en cinq ans, probablement plus tôt.

Lucas me retrouva à l'entrée.

— Tu es prêt ?

Il me tendit les papiers auxquels Jonas ne s'attendait pas.

— J'ai attendu toute ma vie pour ça.

Cet enfoiré pensait vraiment que je le croirais sur parole au sujet des contrats qu'*Opa* avait signés en valeur nominale. *Opa* n'était pas un homme stupide et il était bien conscient de la mentalité de Jonas. Des trois fils d'*Opa*, Jonas avait été le plus gâté, le plus privilégié. Andrew avait été élevé pour prendre la relève en tant que chef et connaissait ses responsabilités. Et Fredrik, mon seul autre parent vivant, était aussi bienveillant que possible. *Opa* avait compris que son plus jeune fils n'était pas fait pour ce style de vie et lui avait permis de quitter l'Allemagne pour de devenir professeur d'économie aux États-Unis.

Mon oncle était bon, et il méritait de vivre une vie exempte des tares de notre famille. Pour cette raison, je l'avais poussé à quitter l'Allemagne dès la fin de la réception du mariage. Voir Fredrik accepter sans hésiter me fit comprendre qu'il soupçonnait que son frère ferait quelque chose. Et que, dès que je donnerais ses instructions à Jonas, celui-ci deviendrait mon plus dangereux adversaire. Une personne à qui je ne pourrais pas tourner le dos.

— Il n'est pas seul, m'informa Lucas avec un haussement d'épaules. C'est dimanche, le jour de son plan cul hebdomadaire. Certaines personnes vont à l'église le dimanche matin, lui se fait tailler une pipe. Au moins, cette fille est majeure. Du moins, j'espère qu'elle l'est.

Mon estomac se contracta à l'idée que Jonas emmène des gamines dans son lit. Je voulais lui accorder le bénéfice du doute et me dire qu'il voulait simplement qu'elles aient l'air jeunes, mais, d'un autre côté, c'était un vrai malade.

Si jamais j'avais un jour la preuve qu'il couchait avec des mineures, je le tuerais moi-même. Depuis ma dernière mission, tout homme qui envisageait de pratiquer ce genre de divertissement était considéré comme mort.

— Plus tôt ce tas de merde sera sorti d'ici, plus vite je serai libéré de lui.

— C'est rude. Tu ne vas même pas le laisser décharger avant de le flanquer à la rue.

— Crétin, marmonnai-je en prenant la direction du bureau de Jonas.

Je fis signe aux soldats postés au rez-de-chaussée de me suivre. Chacun d'entre eux était membre de la structure organisationnelle de notre famille depuis notre enfance, et beaucoup étaient issus de générations au service des Weber. Ils étaient bien conscients que le pouvoir avait changé de mains et que leur loyauté allait au chef de famille.

Je m'arrêtai devant les portes du bureau de mon père.

— Finissons-en. Je dois retourner voir ma femme.

Alors que je posai la main sur la poignée, Lucas dit :

— Tu n'as pas réussi à dompter sa colère ?

Je repensai à nos ébats furieux qui avaient duré toute la nuit, et au fait que je m'étais réveillé dans un lit et un appartement vides.

— J'en suis très loin.

Au moins, elle avait laissé un mot indiquant qu'elle était partie au travail avec son service de sécurité et qu'il était absolument hors de question qu'elle abandonne ses clubs.

J'aurais souri de la lire si je n'avais pas été si énervé d'avoir dormi quand elle s'en était allée. Cela ne me ressemblait pas de ne pas remarquer le moindre léger mouvement ou bruit dans une pièce.

— Tu m'as l'air d'avoir eu ton content de sexe, alors au moins, elle ne te l'a pas coupée.

Je jetai un regard noir à Lucas et ouvris la porte.

— C'est quoi, ce bordel ? rugit Jonas tout en repoussant la femme impuissante à genoux sur le côté.

C'était un mystère pour moi que d'être lié à ce con. Il était plus cliché qu'un mafieux de cinéma.

— Il est temps de t'expulser de la propriété, lui annonçai-je.

La dernière chose dont j'avais envie, c'était de le voir avec le pénis qui pendait de son pantalon.

— Tu pourrais vouloir ranger ça, il ne faudrait pas que quelqu'un se fasse de fausses idées.

— Putain, je vis ici.

— Non. Tu *as vécu* ici. Depuis minuit, cette maison, tout ce qu'elle contient et tout ce qui relève de *Weber International* m'appartiennent, à moi, Sebastian Alexander Weber.

— Conneries. Je sais ce que disent les contrats. Je garde la maison.

— Erreur. Tu devrais essayer de lire les petits caractères au lieu de croire tout ce que tes avocats te racontent. La famille Benz conserve tous ses biens et ses propriétés jusqu'à la mort de Russo. Toi, en revanche, tu n'as rien d'autre que le fonds mis de côté une fois le contrat exécuté.

Je jetai un œil à la femme. Elle était en larmes et essayait de se cacher derrière la chaise de Jonas.

— Vous pouvez partir. Un de mes hommes veillera à ce que vous rentriez chez vous. La prochaine fois, vous feriez mieux d'éviter de fréquenter des vieillards qui ne feront que se servir de vous.

La femme courut hors de la pièce, prête à fuir le chaos.

Le visage de Jonas était désormais rouge écarlate. Au moins, il avait eu la décence de remonter son pantalon.

— Est-ce que tu comprends qui je suis ? Il me suffit d'un mot pour te faire éliminer.

— Vas-y. Je te mets au défi. Tu apprendras très vite que l'unique raison pour laquelle les soldats sont restés au sein de l'organisation, c'est parce que leur loyauté allait à la famille, pas à toi.

— Je crois que tu vas te rendre compte que les choses ne fonctionnent pas comme tu le penses. Tu es comme ton *Opa*. Tu ne sais pas évoluer. Tu apprendras tôt ou tard que mes méthodes de travail sont les meilleures, dit-il en me contournant, comme un roi sur le point de faire sa sortie. Ne t'attends pas à ce que je t'aide quand tout partira en vrille.

— Ce ne sera pas le cas, commençai-je avant d'ajouter quand Jonas se dirigeait vers la porte : le contrat prévoit aussi que, si tu fais quoi que ce soit pour saper la famille, la totalité du fonds sera reversée à l'héritier. Ne songe même pas à t'en prendre à moi, à mon entreprise ou à ma femme.

J'ajoutai la dernière partie pour souligner le fait que je savais pertinemment comment il l'avait traitée.

— Mon garçon, ne fais pas de moi un ennemi. Tu n'en apprécierais pas les conséquences.

Je gardai un visage impassible, meilleure façon de l'énerver. J'avais entendu cela, encore et encore, depuis que j'avais été en âge de comprendre dans quel genre d'affaires trempait ma famille.

Opa avait toujours dit que soit le pouvoir faisait un

homme, soit il le détruisait. Dans le cas de Jonas, c'était la seconde option, mais il n'en était pas conscient. Bientôt, il se rendrait compte que, sans l'organisation Weber derrière lui, ses millions ne le distingueraient pas des autres en Europe, sans influence.

— Est-ce une menace ?

Immédiatement, le silence retomba dans la pièce ; les gardes scrutaient Jonas comme s'il était prêt à pointer une arme sur moi. Tous avaient entendu parler de ce qu'il avait fait lorsqu'il m'avait informé du mariage.

Comme s'il sentait le changement de loyauté dans la garde Weber, il répondit :

— C'est un avertissement.

Puis il franchit la porte à grands pas.

Je fis un signe de tête à Lucas qui suivit Jonas pour s'assurer que cette ordure ne prendrait rien qui pourrait me causer des problèmes à l'avenir.

Cet enfoiré était officiellement expulsé.

Détruire mon père avait été mon objectif ultime depuis que Maman et Hannah avaient été assassinées. Qu'il me contraigne à épouser Isa avait fait avancer le calendrier, mais les choses n'étaient pas aussi simples que de juste prendre le pouvoir. À présent, il fallait que je mette toutes les pièces en place pour faire tomber les dominos.

— Fouillez chaque recoin de cette maison, surtout cette pièce et ses quartiers privés. Je veux tout savoir, et surtout ce qu'il manigance. Recherchez aussi des caméras et des mouchards. Cela ne m'étonnerait pas qu'il enregistre tout ce qui se passe ici.

— Compris, lança Emil, l'un des lieutenants en charge

de la maison, en se dirigeant vers un placard qu'il tira du mur, dévoilant un coffre-fort. Je l'ai vu il y a quelques années.

— Ouvre-le.

Je m'avançai vers la porte en acier.

Emil sortit son téléphone et appela quelqu'un avant de m'annoncer :

— Kurt sera là dans un instant.

Kurt était un expert en technologie et en sécurité au sein de l'organisation. Je l'aurais bien recruté pour d'autres aspects de mon univers si je n'avais pas été persuadé qu'il ne quitterait jamais la famille.

Il arriva une minute plus tard avec une boîte. Il sortit des câbles et un appareil carré, l'attacha au à la paroi, puis tapa un code. Le coffre-fort électronique s'alluma, et, après quelques secondes, il bipa et s'ouvrit.

J'entrai. Le coffre était rempli de piles de dossiers. Je les sortis et les déposai dans un sac qu'Emil avait apporté pour moi. Derrière, je découvris une clé USB, et des photos d'Isa, quand elle sortait de la salle de sport ou quand elle rendait visite à ses amis.

Mon sang se figea quand je vis les dernières. Les photos nous montraient, Isa et moi, au café, dans mon club, et elle quittant mon immeuble la semaine précédente, les yeux hantés et emplis de tristesse.

Cet enfoiré était au courant pour nous.

Cela ne lui ressemblait pas de garder ce genre de choses pour lui. Il aimait se vanter et faire part au monde de ses grands projets.

Je devais passer à côté de quelque chose. Pourquoi ne

s'en était-il pas servi pour me dénoncer à Isa ? Qu'essayait-il de gagner ?

— Apportez-moi un ordinateur sécurisé, demandai-je, sans m'adresser à quelqu'un en particulier.

Kurt m'en sortit un qu'il déposa devant moi. J'y introduisis la clé USB.

À mesure que le contenu apparaissait, je luttai contre l'envie de balancer l'ordinateur portable à travers la pièce. Il n'y avait rien d'autre que des feuilles de calcul, remplies de détails sur des fonctionnaires dans toute l'Europe, qui étaient redevables à la famille pour des services rendus.

Cette liste, bien qu'utile pour l'organisation, n'expliquait en rien pourquoi Jonas avait fait suivre Isa.

À ce moment-là, Lucas réapparut dans le bureau.

— Où est-il ? lui demandai-je sans lever les yeux de l'écran.

— Parti. Il n'a même pas pris la peine de retourner dans sa chambre. Il avait cet air suffisant sur le visage en passant la porte, expliqua Lucas qui vint à côté de moi et prit les photos d'Isa. Cet enfoiré mijote quelque chose, et je crois que tu viens de lui offrir ton talon d'Achille.

Je contemplai la photo de moi en train de regarder Isa, elle-même absorbée par la scène au club. Un aveugle aurait vu que j'étais épris d'elle.

C'était mauvais, très mauvais. Et maintenant, il fallait que je trouve un moyen de protéger ma femme, qui était plus que furieuse, sans lui couper les ailes.

CHAPITRE
Douze

Isa

— Tu es vraiment au boulot le lendemain de ton mariage ? s'exclama Lilly après avoir ouvert la porte de mon bureau à la volée et s'être laissé choir dans un fauteuil. Je me souviens parfaitement que tu as établi un planning pour pouvoir partir en lune de miel, ou autre.

— Bonjour à toi. Et merci de débarquer comme ça. Je suis en train de travailler sur les projections et les budgets. Et tu sais à quel point je deviens grincheuse quand je dois m'occuper de ça.

Lilly m'ignora et me tendit une tasse de café et un sachet que je savais contenir mes pâtisseries préférées.

— Tout d'abord, je suis ta meilleure amie et ton associée en affaires, alors j'entre quand je veux. Ensuite, ton personnel a flippé de te voir arriver à 7 heures du matin, et ils m'ont appelée pour que je m'assure que tu vas bien. Et, pour finir, la plupart des gens passent les nuits et les jours qui suivent leur mariage à heurter la tête de lit, lança Lilly avant de se redresser subitement. Je t'en prie, dis-moi que tu n'as pas tué ton nouveau mari. Même tes relations de dingue ne pourraient pas te sortir de là.

Je faillis rire de la voir si inquiète.

C'était vers Lilly que j'avais couru après avoir découvert qui était réellement Baz. Elle avait suivi à la lettre le protocole de la meilleure amie, et m'avait aidée à organiser la douloureuse disparition de l'homme en question. Ensuite, elle m'avait calmée et fait comprendre que j'avais le reste de ma vie pour lui faire payer le fait de m'avoir menti.

— Non, il n'est pas mort.

— Et ?

— Et quoi ?

Elle grogna.

— Ce que tu es pénible ! Il faut te tirer les vers du nez pour avoir une réponse franche de ta part.

— Ce n'est pas moi qui ai caché le fait que mon petit ami travaillait pour le futur époux de ma meilleure amie.

— Tu ne me lâcheras jamais avec ça, n'est-ce pas ? Je n'en savais rien, parce que je n'avais pas posé la question. Et Kane aime bien l'idée de garder sa tête, alors il ne parle jamais des gens pour qui il travaille. Maintenant, réponds à ma question.

— Est-ce qu'il y avait la moindre question dans tout ce qui vient de sortir de ta bouche ?

— Je te jure, tu me donnes envie de sortir l'arme que tu as cachée dans ton sac à main et de te tirer dessus.

Je lui souris.

— Ce n'est pas comme si tu n'en avais pas une à toi.

— Je crois que ce ne serait que justice si je me servais de la tienne.

Nous nous fixâmes un moment avant d'éclater de rire.

J'adorais cette femme. D'une manière ou d'une autre, elle trouvait toujours la bonne manière pour m'obliger à me détendre.

Une fois toutes deux remises de notre fou rire, elle demanda :

— Comment s'est passée la nuit dernière ? Je n'ai pas réussi à t'approcher après le mariage. C'était comme si Jonas Weber faisait comprendre au monde entier que, désormais, tu étais une Weber, et plus une Benz.

J'aurais bien approuvé, mais j'avais été tellement en colère pendant la majeure partie de la réception que je n'avais même pas fait attention à Jonas. Enfin, sauf quand j'avais entendu Sebastian lui dire de se calmer.

— Quelle partie de la nuit dernière en particulier ?

Je savais où elle voulait en venir avec cette question, mais je n'allais pas lui faciliter la tâche.

De plus, comment pouvais-je lui dire que nous nous étions envoyés en l'air pour évacuer une partie de ma colère, mais sans jamais vraiment nous être parlé ?

— J'aurais dû savoir que la subtilité ne fonctionnerait pas avec toi. Avez-vous dormi ensemble ?

Mes joues s'échauffèrent.

— On pourrait dire que nous avons dormi épisodiquement au cours de la nuit.

— Oh mon Dieu. Vous vous êtes envoyés en l'air comme des lapins ! s'exclama Lilly avant d'incliner la tête. Et pourquoi es-tu ici, en ce moment, au lieu de prolonger le marathon sexuel avec ton mari chaud comme la braise ? Au fait, cet homme porte le smoking comme personne.

Oui, il avait été très beau hier. À couper le souffle, en fait. S'il existait quelqu'un fait pour porter un costume, c'était Sebastian. Et il y avait le léger aperçu des tatouages cachés sous le smoking de créateur. Ils enflammaient mes hormones chaque fois que je les voyais.

— Parce que je ne sais toujours pas où nous en sommes. Je ne comprends pas pourquoi il m'a menti.

— Je vais te dire ça en tant que meilleure amie, commença Lilly en faisant le tour de mon bureau, repoussant ma chaise avant de se pencher. Il faut que tu t'en remettes. Dans tous les cas, vous deux, c'est jusqu'à ce que la mort vous sépare. Il n'y a pas de divorce dans notre monde. Écoute ses raisons, fais-le ramper et engendrez des tas de bébés pour reprendre l'empire Benz-Weber.

— J'aimerais que ce soit si facile. Je suis encore tellement blessée.

— Eh bien, tu ne résoudras rien en te glissant hors de ton penthouse à 20 millions d'euros, et en ne lui parlant pas. Je ne veux pas que tu finisses par devenir cette femme de mafieux totalement cliché, amère et constamment énervée.

Je levai les yeux au ciel et ne parvins pas à réfréner un sourire devant l'image. Lilly aimait les télé-réalités américaines, surtout celles qui tournaient autour de la mafia et de leurs familles.

— Je t'entends. Je te promets que, la prochaine fois que je le vois, je lui donnerai l'occasion de clarifier les choses.

— C'est tout ce que je demande.

— Cela ne veut pas dire que je vais m'en remettre. Mais je l'écouterai.

— Peut-être que tu pourrais en retirer quelques diamants. C'est ce que fait ma mère, et Papa est le second de ton père sans le compte en banque de Weber.

Le père de Lilly était lieutenant dans l'organisation de Papa et menait une vie de luxe, je n'avais donc pas le moindre doute sur le fait qu'il avait les moyens de couvrir sa femme de bijoux. Il l'adorait, et ne voulait surtout pas ne plus être dans ses bonnes grâces.

— Je ne suis pas une fille à diamants.

— Alors, demande-lui de t'acheter un fusil à longue portée, dit-elle en se renfrognant. Tu es la seule femme que je connaisse qui serait excitée si on lui offrait une arme mortelle.

Très peu de gens étaient au courant de mon penchant pour les armes, surtout pour les fusils de sniper. J'avais pris des cours après mon premier emploi pour Solon. Ensuite, lorsque j'avais décidé de venir en aide à d'autres agences de sécurité, je m'étais dit qu'il valait mieux développer mes compétentes dans toutes sortes d'armes et de techniques d'autoprotection.

Je haussai les épaules.

— Certains d'entre nous ont des critères plus élevés que d'autres.

— C'est bon à savoir.

La voix grave de Sebastian me parvint depuis la porte.

— Ba… Sebastian.

Il plissa les yeux.

— Je me suis réveillé seul.

Son intense concentration fit picoter ma peau de désir.

— Je t'ai laissé un mot. En plus, tu n'as pas du travail de ton côté ? J'ai entendu ton homme, Lucas, parler de quelque chose à la réception.

Lucas était l'une des rares personnes du camp Weber que j'avais rencontrées hier et que j'avais appréciées. J'avais deviné qu'il était le second de Sebastian et qu'il était très protecteur envers lui.

— Mon boulot aurait pu attendre jusqu'au petit-déjeuner.

La chaleur dans ses yeux me dit qu'il ne parlait pas de nourriture.

— Sur ces paroles, je m'en vais.

Lilly me contourna et s'avança vers la porte, s'arrêtant à côté de Sebastian.

— Je suis sérieuse. Achète-lui une arme et tous tes soucis seront terminés.

— J'apprécie cette info sur ma femme.

Ses lèvres se recourbèrent de cette manière diabolique, ce qui fit s'envoler des papillons dans mon ventre.

Lilly n'était pas non plus indifférente à son sourire, et elle rougit avant de sortir précipitamment.

— Je l'aime bien. Elle a ce genre d'énergie que n'ont pas la plupart des gens de notre monde.

Son jugement sur Lilly fit fondre un peu de la glace que je maintenais entre nous.

— Lilly voit le monde en couleurs. C'est la fille libre penseuse et artiste par excellence. Elle est très intelligente, et peut s'avérer être un vrai requin quand il s'agit d'art et d'authentification de sculptures, mais tout ce qu'elle fait, c'est avec joie.

— C'est bon d'avoir des gens qui apportent de la lumière dans le monde dans lequel nous vivons.

Il ferma la porte, la verrouilla et avança vers moi.

— Qu'est-ce que tu fais ?

Je tentai de ramener ma chaise vers mon bureau, mais il m'arrêta en plaçant son pied devant l'une des roulettes.

— Je suis les conseils de Lilly, et je suis sur le point de ramper, répondit-il juste avant de s'agenouiller devant moi. Et ensuite…

Je déglutis.

— Et ensuite, quoi ?

— Et ensuite, nous passerons à la partie « faire des bébés ».

— Qu'est-ce qui te fait penser que je ne prends pas de contraceptif ?

Il saisit les accoudoirs de ma chaise et me fit tourner face à lui.

— Parce que j'ai enquêté sur toi. Je sais tout ce qu'il y a à savoir sur toi.

— Ça fait un peu harceleur.

Il haussa les épaules.

— C'est ce que je fais. En plus, c'était logique, vu qu'on m'a ordonné de t'épouser.

— Ne serait-il pas prudent que je dispose du même niveau d'information ?

— Vas-y, enquête sur moi.

— Je l'ai fait. Tu es un fantôme. Je parie que le peu d'informations disponibles sur le tout puissant Sebastian Weber a été placé stratégiquement par toi.

— Depuis ce matin, il en est de même pour toi.

Je ne pus cacher ma surprise.

— Pourquoi tu as fait ça ?

— Parce que, dès l'instant où nous avons prononcé nos vœux, tu es devenue Eloisa Weber.

— Qu'est-ce que ça veut dire ?

— Cela veut dire que je ferai tout ce qui est en mon pouvoir pour protéger ce qui m'appartient.

Il se pencha jusqu'à ce que nos fronts se touchent.

— Au cas où tu aurais le moindre doute, tu m'appartiens. Tu es à moi depuis cet instant où nos regards se sont croisés sur la piste de danse.

Je reculai.

— Je ne te laisserai pas me mettre en cage. J'ai passé toute ma vie à trouver des moyens de contourner la boîte dans laquelle mes parents voulaient m'enfermer. Je ne le ferai plus.

— La dernière chose dont j'ai envie, c'est de te mettre en cage. Je ne t'obligerai pas à rentrer dans un moule qui n'est pas le tien. Toutefois… commença-t-il avant de s'interrompre, comme s'il cherchait ses mots, avant de continuer. Je te protégerai de toutes les manières que je jugerai utiles. J'ai beaucoup de facettes, et certaines d'entre elles sont sombres et me créent des ennemis. Si quelque chose t'arrivait, je mettrais le monde sens dessus dessous.

— Je ne comprends pas. Nous ne nous connaissons que depuis quelques mois.

— Il n'y a rien que je ne ferais pas pour ceux que j'aime.

Mon cœur manqua un battement à ses mots, et devant l'intensité de son regard onyx. Il était temps de l'interroger sur la tromperie des derniers mois.

— Pourquoi m'as-tu menti ?

Il secoua la tête.

— Parce que je suis un idiot. Je venais juste de rentrer d'un voyage d'affaires qui ne s'est pas déroulé comme prévu, et je n'avais pas les idées claires. J'étais énervé à l'idée de notre mariage, et du chaos que Jonas avait créé dans ma vie. J'ai décidé de voir la princesse de l'empire Benz en action.

— Qu'as-tu appris ?

— Sur le papier, tu semblais être l'opposé de ce que j'attendais. Et en personne, tu m'as époustouflé. Notre attirance a été instantanée, mais la connexion qui l'accompagnait était encore plus stupéfiante.

— Tu aurais pu dire la vérité ce soir-là. Ça m'aurait soulagée de savoir que j'étais compatible avec mon fiancé.

Je levai les yeux au ciel devant ce terme.

— J'aimais le fait que tu ne me connaisses pas autrement qu'en tant que Baz. J'étais un mystère à tes yeux, et tu as appris à connaître le vrai moi, pas celui que je dois être en tant qu'héritier Weber. De plus, le fait que tu me repoussais sans cesse à cause d'un homme que tu n'avais jamais rencontré me donnait encore plus envie de toi.

— Et savoir que je te repoussais pour mon fiancé, qui se trouvait être toi, ne t'a pas du tout ému, ajoutai-je sans donner d'inflexion à mes mots.

Il sourit d'une façon qui me donna envie de l'embrasser. Il faisait plus jeune que ses presque trente ans, comme un petit garçon surpris en train de faire quelque chose qu'il n'aurait pas dû faire.

— Cela a ajouté du défi.

— Alors, cela signifie-t-il que te tromper avec toi est acceptable ?

Il rapprocha ma chaise de lui, écartant mes jambes serrées dans mon jean, installant ses cuisses entre elles.

— Si tu aimes les jeux de rôle, ça ne me pose pas de problèmes, dit-il en me caressant la joue. Sache simplement que c'est Baz qui sera sous tout ce que je jouerai.

Il avait tant parlé de rôles et de facettes que, jusqu'à présent, je ne m'étais pas rendu compte du poids que représentait pour lui le fait d'être l'héritier Weber, et maintenant le chef de famille.

Papa m'avait appris qu'il n'y avait aucune place pour la faiblesse, sans quoi quelqu'un d'autre serait prêt à prendre le leadership.

Sebastian m'avait montré un côté de lui-même qu'il n'avait jamais dévoilé à personne.

Au lieu de répondre, je tournai mon visage vers sa paume. Il fit doucement glisser un pouce sur mes lèvres.

— Cela signifie-t-il que je suis pardonné ?

Je souris.

— Oui, mais je me réserve le droit d'en reparler chaque fois qu'il m'en prendra l'envie. Surtout quand tu m'énerveras.

— Alors, je suppose que je vais faire de mon mieux pour rester dans tes bonnes grâces, répondit-il avant de relever mon visage pour un léger baiser. Et si je commençais par quelques orgasmes pour t'aider à gérer le stress de la gestion d'une entreprise ?

*
**

Sebastian

Je contemplai les yeux bleus d'Isa, choqués et intéressés.

— Tu n'es pas sérieux. Ici ? N'importe qui pourrait nous déranger.

— Ici, confirmai-je avant de faire glisser mes doigts le long de son corps jusqu'au bouton de son jean. La prochaine fois que tu t'assiéras sur cette chaise, je veux que tu t'imagines en train de jouir avec mon visage enfoui entre tes cuisses.

Elle se lécha les lèvres.

— Je ne suis pas sûre que ce soit une bonne idée.

Le désir qui se lisait sur son visage contrastait fortement avec ses paroles.

— Je crois que c'est l'idée parfaite.

J'abaissai la fermeture éclair et tirai sur le *denim*.

— Soulève-toi.

Elle bascula ses hanches, et je rassemblai son pantalon autour de ses bottes à talons. Ses chaussures faisaient paraître ses longues jambes encore plus longues. Elles l'étaient, sans hésitation.

— Tiens les accoudoirs et ne lâche pas. Sinon, j'arrêterais, et tu n'auras pas le droit de jouir avant ce soir, quand je serai au fond de ton sexe humide.

Le feu s'embrasa dans son regard cobalt, comme si elle était prête à protester, mais elle posa les paumes sur le cuir souple.

— Brave fille.

— Je t'obéis seulement parce que tu me dois plusieurs orgasmes pour m'avoir menti.

— Continue à te raconter ça. Je connais la vérité.

Elle était le genre de femmes qui aimait avoir le contrôle, mais quand elle y renonçait, c'était là qu'elle était la plus heureuse.

La nuit avant que la vérité n'éclate au grand jour, elle m'avait fait confiance d'une manière que je n'oublierai jamais. Je l'avais poussée à explorer sa sexualité et elle s'était perdue dans le plaisir. La nuit dernière avait constitué un contraste frappant. Elle avait résisté à abandonner sa maîtrise. C'était une bataille entre sa colère et son désir.

Je saisis sa taille, l'ajustant pour avoir accès au sésame qu'était son sexe.

— Tu es prête ?

Ses lèvres s'entrouvrirent, et elle haleta doucement.

— Oui.

J'abaissai ma bouche jusqu'à son nombril exposé, frottant mes lèvres et ma mâchoire sur sa peau soyeuse, faisant apparaître de la chair de poule.

Ses doigts fléchirent sur les accoudoirs.

Descendant, j'agrippai le haut de son string en dentelle

noire avec mes dents. Je tirai dessus, laissant le tissu glisser entre les lèvres de son intimité et frôler son clitoris.

Elle gémit et se frotta contre le tissu.

Je libérai son sous-vêtement et l'agrippai aussitôt des deux mains, arrachant les côtés.

— Baz. Il était cher.

Je souris devant son air incrédule.

Jamais je n'avais été du genre à sourire autant en essayant de séduire une femme, mais d'un autre côté, aucune d'elles n'était Eloisa Benz… Weber.

— Je peux me permettre de t'en acheter d'autres.

— Je n'ai pas besoin que tu m'achètes quoi que ce soit. Je peux me les payer moi-même.

Je m'emparai de ses cuisses, les tirai vers l'avant et posai ses genoux contre mes épaules.

Je baissai les yeux sur ses pieds, liés par son pantalon, et ses cuisses écartées, exposant son sexe gonflé et moite. Je sentis aussitôt la moiteur au bout de mon membre. Cette femme était une déesse, et sans faire le moindre effort.

— C'est bien noté.

Abaissant mon visage, je soufflai sur sa moiteur une seconde avant de descendre.

— Oh, mon Dieu, cria Isa en resserrant sa prise sur la chaise.

J'enfonçai ma langue dans son intimité étroite, la plongeai, la fis rouler, la léchai.

Elle avait un goût de paradis, un goût dont jamais je ne pourrais me lasser.

L'une de ses paumes se déplaça vers ma tête, et je grognai :

— Repose cette main.

— Merde ! Désolée, répondit-elle en s'exécutant.

Ses miaulements s'amplifièrent à mesure que son vagin vibrait et que ses hanches se soulevaient pour répondre aux exigences de ma bouche.

Passant mes mains sous sa chemise, je repoussai les bonnets de son soutien-gorge sur le côté et pinçai ses mamelons jusqu'à ce qu'elle gémisse et que ses fluides envahissent ma bouche.

— Baz… Plus fort.

Ma femme aimait avoir légèrement mal.

Je pinçai davantage, relâchant ses bourgeons serrés une seconde avant que ce soit trop, tout en continuant à stimuler son clitoris.

Mon membre était si dur que c'était un miracle que je n'aie pas déchiré mon pantalon.

La première chose que je prévoyais de faire, dès l'instant où elle arriverait à notre penthouse, c'était de la pencher par-dessus le dossier du canapé le plus proche et de la prendre brutalement.

— Baz. Oh, bon sang, Baz ! J'ai besoin de jouir. Fais-moi jouir.

Je levai les yeux sur son beau visage, rougi par le désir. Abaissant une main vers son intimité détrempée, j'enfonçai un doigt dans son sexe frémissant et le recourbai jusqu'à frôler le faisceau de nerfs sensibles enfoui en elle.

Avec un dernier coup de langue sur sa peau délicieuse, elle explosa, balançant sa tête d'un côté à l'autre et enfonçant ses ongles dans les bras de sa chaise.

La voir se débattre ne ressemblait en rien à ce que j'avais

vécu auparavant. Jamais je ne pourrais me lasser de voir l'extase sur son visage, ou sa manière de réagir avec moi.

Elle était à moi, et je la protégerai jusqu'à mon dernier souffle.

— Waouh ! s'exclama Isa, après être enfin redescendue de son orgasme.

Je ramenai ses genoux l'un contre l'autre, puis ajustai son corps sur la chaise.

— Je suis ravi que tu aies apprécié.

Elle se pencha en avant, agrippa ma chemise et me tira vers elle. Son baiser était chaud et dur, et mon pénis douloureux se languissait d'être en elle.

Ses doigts se promenèrent le long des boutons de ma chemise, puis jusqu'à la fermeture de mon pantalon. Alors qu'elle était sur le point d'en faire sauter le bouton, j'arrêtai sa main.

— Tu n'as pas envie que je te rende la pareille ?

Mon sexe hurlait que si, mais je savais que je ne devais pas en abuser.

— Je suis certain que quelqu'un va nous interrompre d'un moment à l'autre.

Comme si fait exprès, quelqu'un frappa à la porte.

— Boss. Il y a quelqu'un ici qui veut vous voir.

L'attitude détendue et sensuelle d'Isa disparut.

— Hum. Donnez-moi dix minutes. J'arrive.

Elle se leva en remontant son jean. Je la stabilisai quand elle perdit l'équilibre.

— Boss, il s'agit de Bri Amici. Elle a besoin de vous voir immédiatement.

Je me figeai. Bon sang, mais que faisait Isa avec un agent

de Solon ? Un agent qui avait été la référente d'Ana Kipos lors de ma dernière mission.

— Dites-lui d'attendre. Elle a toujours quelque chose d'urgent et aime presser les gens.

Isa se précipita dans la salle de bains adjacente à son bureau. Je me levai et inspirai profondément pour rester calme, alors que je passais en revue toutes les choses qu'elle pourrait faire pour Solon. Si elle avait été agent, j'en aurais entendu parler, surtout si elle avait été affectée à l'une des divisions européennes. Le fait qu'on m'ait caché cette information signifiait qu'elle avait été effacée de la recherche que j'avais demandée à Interpol.

Merde, quelqu'un là-bas me l'avait dissimulée.

J'avançai jusqu'à la porte de la salle de bains et m'appuyai sur le mur, à l'extérieur, attendant qu'Isa en sorte.

À la seconde où elle le fit, je lui demandai :

— Pourquoi as-tu rendez-vous avec un agent de Solon ?

Elle écarquilla les yeux.

— Comment sais-tu pour Bri ?

— Réponds à ma question, et je répondrai à la tienne.

— Elle m'a embauchée pour évaluer certains objets qu'elle collectionnait.

Sa réponse était plausible, mais rien n'était aussi simple dès lors que Solon était impliqué. Ils aimaient recruter des personnes ayant des relations et des liens avec tous les milieux, et surtout avec des gens issus de milieux aisés. Ils n'avaient pas non plus le moindre scrupule à user de tactiques qui enfreignaient la loi pour atteindre leurs objectifs.

— Et ?

Elle me jeta un regard noir.

— Une réponse pour une réponse.

Je savais que je devais lui en donner un peu.

— J'ai aidé Bri sur quelques missions.

— Quel genre de missions ?

Je lus l'inquiétude sur son visage, m'indiquant qu'elle savait que la spécialité de Bri était la division chargée de traiter les affaires de trafic sexuel.

— Crois-tu que je ne sache pas prendre soin de moi, Isa ?

— Non. Elle… Elle a l'habitude de travailler sur les projets les plus dangereux.

Je pris sa main que j'approchai de mon visage et embrassai le bout de ses doigts.

— Il faut que tu gardes en tête que je ne suis Baz qu'avec toi. Dans le monde extérieur, je suis Sebastian Weber, homme d'affaires notoire et, aujourd'hui, à la tête de l'une des organisations les plus dangereuses d'Europe. Ma réputation n'est pas fabriquée de toutes pièces.

Des coups impatients s'abattirent sur la porte.

— *Bella*, ouvre la porte. Personne ne me fait attendre. Tu n'auras qu'à t'envoyer en l'air sur ton temps libre, lança une voix dans un allemand à l'accent italien.

Isa gémit.

— Elle est très douée pour jouer les mondaines italiennes gâtées. Personne ne soupçonnerait qu'elle est capable de tuer un homme en deux mouvements.

— C'est ce que j'ai entendu dire.

— Cette discussion n'est pas terminée.

Je fixai le regard bleu d'Isa.

— Je ne m'attends pas à moins.

Isa avança jusqu'à la porte qu'elle déverrouilla, et ouvrit sur une belle femme vêtue d'un manteau de fourrure autour des épaules, d'une tenue de créateur tout droit sortie de défilés et portant un sac à main qui valait plusieurs centaines de milliers d'euros.

— Bonjour, *Herr* Weber.

Son accent se transforma ; seul un Allemand de naissance aurait pu s'exprimer ainsi.

La malice dans son regard disait qu'elle savait qu'Isa était à moi, et ce que nous étions en train de faire.

Ce qui ne signifiait qu'une chose : elle était ici pour causer des problèmes.

— *Signorina* Amici, dis-je avec une parfaite inflexion italienne.

Elle me scruta de la tête aux pieds, s'attardant sur ma demi-érection un peu trop longtemps avant de croiser mon regard.

— Le mariage vous va bien.

— Vous devriez essayer. Je sais que votre fiancé apprécierait une date officielle.

Le rictus qui s'étendit sur ses lèvres faillit me faire rire. Elle avait été promise à l'un des fils des amis au sang bleu de son père. Quelqu'un que je considérais comme un ami, et qui se trouvait être dans le même secteur d'activité que moi : Interpol, et à la tête d'une famille du crime organisé. Mais, son domaine était plutôt celui du financement des projets d'autres familles.

Au cours de l'une de mes premières opérations conjointes avec Solon, j'avais appris que Bri avait une piètre opinion des mariages arrangés et n'avait jamais eu l'intention de donner suite au sien. Elle s'était forgé une image très publique de petite fille gâtée pour justifier ses fiançailles interminables. Malheureusement pour elle, son fiancé était sur le point de la prendre au mot.

— Je vais laisser le soin à Isa de me dire si ça vaut la peine de se donner du mal et, ensuite, peut-être que j'envisagerais l'idée.

Elle reporta son attention sur Isa.

— Voilà pourquoi tu as refusé ma proposition. *Bella*, jamais je ne me serais attendue à ce que tu te laisses attendrir parce qu'il en a une grosse.

Le visage d'Isa vira à l'écarlate.

— Sur ces bonnes paroles, Mesdames, je vais vous laisser terminer vos affaires.

Je m'avançai vers Isa, posai la main sur sa nuque et l'attirai à moi pour un baiser.

— Nous discuterons de tes activités secrètes quand tu rentreras à la maison.

Avant qu'elle ne puisse répondre, je franchis la porte.

Isa

— Comment connais-tu pour Ba… Sebastian ? Et pourquoi tu as parlé d'en « avoir une grosse » devant lui ?

— Parce que les activités que tu ne voulais pas que je voie, et qui m'ont fait attendre, étaient encore bien présentes à son « esprit ».

Bon sang, Bri avait regardé le paquet de Baz. Si je n'avais pas su qu'elle était à moitié amoureuse de son fiancé non désiré, je l'aurais frappée.

Ce qui n'était sûrement pas une bonne idée, vu que c'était une espionne et tout, et qu'elle aurait été capable de me tuer sans transpirer. La princesse choyée était une arme fatale qui m'avait appris la plupart de mes mouvements.

— Et la première partie de ma question ?

J'étais incapable de cacher mon agacement.

Un sourire entendu s'étira sur le visage de Bri.

— Mes supérieurs gardent un œil sur lui depuis des années. Il est… Comment dire ? lança-t-elle en se tapotant la lèvre. Une personne d'intérêt.

C'était un tissu de mensonges.

Il y avait quelque chose entre Baz et Bri qui me titillait dans le mauvais sens. C'était comme si elle en savait plus que moi sur mon mari.

Bon sang, c'était sûrement le cas.

L'homme que j'avais retrouvé au café au cours des derniers mois n'existait pas. On ne pouvait pas diriger une famille du crime organisé comme celle de Sebastian, ou être le fils d'un enfoiré comme Jonas Weber, et être en même temps le Baz dont j'étais tombée amoureuse.

Je me disais que le temps finirait par me révéler la vérité.

La seule chose dont j'étais certaine, c'était que mon mari était capable de me faire jouir, encore et encore. Au moins, nous étions sexuellement compatibles.

— Pourrais-tu être encore plus vague ?

— Évidemment que je pourrais.

— Je te déteste vraiment, parfois. Pas étonnant qu'Ana t'ait donné sa démission.

— Ana a démissionné parce que la raison qui l'avait poussée à me rejoindre est revenue la chercher et l'a fécondée. La grossesse et l'agence ne font pas bon ménage.

Elle me scruta et soupira.

— Tu seras la prochaine. Ose me dire qu'il ne te saute pas à la moindre occasion.

— Cela ne fait même pas vingt-quatre heures que nous sommes mariés.

— Je connais une femme qui a testé la marchandise avant de l'acheter. Est-ce que tu as essayé de le tuer quand tu as découvert qu'il se faisait passer pour un homme d'affaires ordinaire ?

Je plissai les yeux et abattis ma paume sur le bureau.

— Tu m'as fait surveiller ? m'exclamai-je en levant les mains en l'air. Tu aurais pu m'éviter l'humiliation de le découvrir après coup. Merde, Bri, tu es censée être de mon côté.

Bri haussa les épaules.

— Je vous aime tous les deux. Et tu n'étais pas en danger. Weber protège les siens. En plus, c'était plutôt amusant de voir votre côté vulnérable.

— Baz et moi ne sommes pas un foutu feuilleton destiné à ton amusement !

— Baz ?

Je serrai les dents.

— Si je ne t'appréciais pas autant, j'aurais cessé de t'aider il y a des années.

— Tu *m'aimes*, Bella. Admets-le. Surtout depuis que je te rapporte des friandises de ta boulangerie préférée, de Milan.

Elle sortit une boîte de son sac à main et me la tendit. Bon sang, mais qui transportait des pâtisseries dans un sac qui valait plus que les maisons des gens ?

Briana Amici, évidemment.

Je pris la boîte et ouvris le couvercle, inspirant la douce odeur des *bomboloni,* une version italienne des donuts, et des *cannoli* fourrés à la crème. Je sortis l'un des beignets et cachai rapidement la boîte dans l'un de mes tiroirs, avant de prendre une grosse bouchée de ce morceau de paradis.

Mon personnel avait tendance à se pointer dans mon bureau après les visites de Bri, et m'attendrissait pour que je partage ma réserve.

— Pourquoi es-tu ici, Bri ? À part pour l'envie de me casser les pieds ?

Elle se dirigea vers la porte qu'elle ferma, puis revint vers le siège en face de mon bureau avant de s'asseoir.

— Il y a un contrat sur Sebastian.

Je cessai de mâcher, et posai ma friandise sur une serviette.

— Redis-moi ça.

— Tu m'as bien entendue.

— Comment le sais-tu ?

— Certains de nos enquêteurs ont surpris des conversations sur le web.

Par *web*, elle voulait dire le *Darknet*. Cette partie d'Internet à laquelle 99 % du monde n'avait jamais accès, mais où les transactions les plus sales, les plus sombres et les plus dangereuses avaient lieu. Cela allait des ventes d'armes aux complots d'assassinat jusqu'au trafic d'êtres humains.

— Pourquoi m'en parles-tu, à moi, et pas à lui ?

— Parce que notre association n'est pas connue du public, expliqua-t-elle avant de s'interrompre, puis de reprendre. Et il ne me croirait pas. Ton mari est tellement habitué à avoir une cible sur la tête qu'il ne prend aucune nouvelle menace au sérieux. Il est tout ce qu'il y a de plus professionnel, sauf quand il s'agit de toi. Il a dévié de la norme. Il s'est adouci pour toi. Il t'écoutera.

Je trouvais cela difficile à croire.

Comme si elle avait vu mon doute, elle ajouta :

— Cela fait cinq ans que je le connais. Il gère son entreprise avec efficacité, et il se concentre sur ses objectifs. Tu es l'unique personne pour laquelle il a tout mis en attente. Il a passé du temps avec toi, il a appris à te connaître, il t'a montré un côté de lui que personne, et je dis bien *personne*, n'a jamais vu.

Sa manière de décrire Sebastian me faisait penser à Papa. Maman et moi étions les seules avec qui il s'était adouci.

— Qu'attends-tu de moi ? Cela fait moins d'une journée que nous sommes mariés.

— Je veux que tu l'éloignes de la ville.

— Je ne peux pas m'en aller, j'ai plusieurs foutues entreprises à faire tourner.

— Ton personnel est compétent et plus que capable de s'en occuper jusqu'à ce que nous puissions déterminer d'où vient la menace.

— Pourquoi est-ce si important pour toi ?

— Je lui suis redevable, et je paie toujours mes dettes.

— Qu'est-ce qu'il a fait pour toi ?

— C'est classifié, dit-elle en se levant, avant de sortir un dossier de son sac et de le jeter sur mon bureau. Étudie ces pièces et donne-moi un prix pour l'évaluation.

— Je t'ai déjà dit que je ne pouvais pas le faire.

— Tu sais que tu en as envie. Tu aimes jouer à distinguer les faux des vrais.

Elle avait raison, mais je n'allais pas l'admettre. Je n'avais pas l'étoffe d'un agent secret, mais c'était très amusant de débusquer un maître faussaire quand personne alentour n'avait rien remarqué.

— Tu es tellement autoritaire.

— C'est la seule manière d'être, *bella*. Maintenant, fais sortir ton homme de la ville.

— Tu sembles surestimer mes capacités. Et quelle excuse pourrais-je lui donner ?

— Fais comme si tu avais envie de partir en lune de miel. Tu es une princesse, parfois il faut que tu agisses comme telle.

Je dégrisai quand la gravité de la raison pour laquelle Bri voulait que je m'en aille avec Sebastian me frappa.

— Je ne lui mentirai pas. C'est le mensonge qui a mis le bazar entre nous.

— Je te jure, tu es pénible avec tes principes moraux de « dire la vérité ». Parfois, un petit mensonge blanc empêche le danger d'envahir ton monde.

— Certaines personnes sont formées à mentir. Ce n'est pas mon cas. Je suis très nulle à ce jeu.

— Effectivement. Rappelle-toi de cette fois où je t'ai demandé de dire au marchand d'art que sa statue était un faux alors qu'elle ne l'était pas. Tu as tellement bégayé que tu as failli en faire une crise cardiaque.

Je pinçai les lèvres. C'était la seule et unique fois où j'avais travaillé en face à face avec une cible.

— Je préfère me concentrer sur mes compétences de tireuse d'élite pour empêcher ledit marchand de s'enfuir avec les biens volés.

— Tu as tiré sur ses pneus depuis le toit de l'immeuble. Je ne crois pas que ce soit une utilisation judicieuse des heures que j'ai passées à t'apprendre à manier un fusil à longue portée. Si tu dois tirer, tire sur le suspect, pas la voiture.

— Tu m'as peut-être appris à tirer, mais c'est Ana qui a affiné mes compétences.

— Eh bien, elle a démissionné, alors maintenant, tu es coincée avec moi.

— Si tu le dis. Je ne vais pas lui mentir.

— Je ne te demande pas de lui mentir. De toute manière, c'est un véritable détecteur de mensonges humain.

— Parfois, je te déteste vraiment.

— Ce n'est pas grave. Moi, je t'aime tout le temps.

*
**

Sebastian

— Quelle est l'urgence ? interrogeai-je Lucas en arrivant à la maison de ville de Jonas.

La dernière chose dont j'avais envie, c'était de revenir dans cet endroit perdu. J'avais des appels à passer à tous les alliés de ma famille, pour les informer du changement de pouvoir.

Mais le texto mystérieux de Lucas, qui disait : « *Urgent, ramène ton cul à la maison et mets un homme sur ta femme* », m'avait fait revenir dans l'heure et tout mettre en attente.

Affecter quelqu'un à la protection d'Isa n'était pas un problème. J'avais mis un homme sur elle depuis le moment où j'avais appris que nous étions fiancés. La combinaison de mon personnel avec ses agents de sécurité la protégerait autant que possible sans la garder sous cloche.

Au lieu de répondre à ma question, Lucas me dit :

— Si tu ne le tues pas après ça, c'est moi qui m'en chargerai. C'est dans sa chambre.

L'idée d'entrer dans la chambre où Jonas avait passé toutes ces années, depuis la mort de Maman, avec des filles presque mineures, me donnait envie de vomir. Moins d'un mois après l'enterrement de Maman, une de ces femmes avait défilé dans le manoir comme si elle avait été la reine.

Elle avait appris qu'elle était jetable une semaine plus tard, lorsqu'elle avait été remplacée par une autre beauté au corps de rêve, qui n'avait d'autre ambition que d'attirer quelqu'un en écartant les jambes.

Nous traversâmes la maison poussiéreuse et excessivement décorée. Nous entrâmes dans la chambre où se trouvait un groupe de soldats qui vidaient les tiroirs, et l'un d'entre eux fouillait dans un coffre qui semblait avoir été récemment installé.

— Amène-les ici, demanda Lucas à Kurt, qui semblait soucieux.

— Monsieur, vous devez voir ça.

Kurt me remit un dossier puis ouvrit un ordinateur portable qu'il tourna vers moi.

Celui-ci contenait d'autres photos d'Isa, mais c'étaient des clichés destinés à un profil d'enquête, semblable à celui que j'avais fait faire sur elle. Mais au lieu de détails sur ses allées et venues, il y avait des informations sur son histoire sexuelle et ses mensurations physiques.

Le froid que j'avais ressenti en voyant les photos plus tôt dans la matinée revint.

Alors que j'arrivais au dernier des documents du dossier, je découvris une transcription d'une conversation téléphonique que Jonas avait eue un peu plus de six mois auparavant avec Carson Malkovich, membre connu d'une famille russe qui tentait de se créer un bastion en Allemagne. Cette famille se spécialisait dans ce qui avait motivé ma dernière mission : la vente d'êtres humains.

Ils discutaient de transactions et de paiements passés, mais ce fut la fin de la conversation qui me donna envie d'achever cette ordure, de le frapper jusqu'à ce qu'il me supplie de le tuer, avant de le laisser mourir gelé sur la rive du fleuve.

Jonas : *Virement de 40 millions d'euros à la fin du travail. C'est un beau petit cul de premier choix pour peupler ta prochaine génération.*

Malkovich : *Je ne veux pas d'une femme délabrée. Je la veux en condition de reproduction.*

Jonas : *Le garçon va s'en servir, mais il ne lui fera pas de mal, elle ressemble trop à sa garce de mère.*

Malkovich : *Quelles garanties ai-je que cela ne va pas nous péter à la figure ?*

Jonas : *Je connais mon organisation et mes hommes. Leur loyauté me sera toujours acquise. Il va falloir que tu me fasses confiance.*

Malkovich : *Je ne fais confiance à personne.*

Jonas : *Tu as encore une dette envers moi pour ce qui est arrivé à mon Hannah.*

Malkovich : *Je ne te dois rien. Mes hommes ont fait ce que tu avais prévu. Il était de ta responsabilité d'avoir ta fille avec toi.*

Jonas : *Tu veux la fille ou non ?*

Malkovich : *Quarante millions et la fille. Immédiatement à la livraison.*

Jonas : *Excellent. Maintenant, il faut s'occuper du garçon.*

Il me fallut rassembler toutes mes forces pour ne pas laisser exploser ma rage. J'avais la tête comme dans un brouillard. Toutes ces années sans savoir, à me demander, à chercher.

Je serrai les poings. Jonas était responsable de la mort de Maman et d'Hannah. Il avait détruit une femme extraordinaire et une petite fille adorable.

Et maintenant, il allait vendre ma femme à un homme qui avait non seulement tué ma mère et ma sœur, mais aussi chacune de ses épouses après les avoir torturées.

La pièce parut se figer, comme si tout le monde attendait ma réaction. J'avais passé trop d'années à masquer mes émotions pour laisser échapper quoi que ce soit.

Prenant une grande inspiration, je me tournai vers Kurt et pris l'ordinateur qu'il tenait. C'est alors que je remarquai que les seuls soldats présents dans la pièce étaient avec moi depuis mon adolescence. Il n'y en avait aucun de ceux qui avaient été là plus tôt dans la matinée.

Si Lucas avait écarté tous ceux qui étaient sous les ordres de Jonas, c'était qu'il devait avoir des soupçons quant à leur loyauté, surtout après ce que mon père avait dit dans la transcription.

Je lui jetai un œil, et il désigna l'ordinateur d'un geste du menton.

— Jette un œil sur ce que nous avons trouvé dans les images de surveillance de la piste d'atterrissage familiale, une heure après que Jonas soit parti d'ici.

Mon regard se porta sur l'écran. Il y avait une photo de Jonas embarquant dans un avion.

— Ce n'est pas l'un de nos jets, constatai-je en étudiant l'appareil de luxe.

— Il est à Malkovich.

— Qui lui a donné l'autorisation d'atterrir ? Ben ?

Ben était l'un de mes hommes, et jamais il ne me trahirait.

Le regard de Lucas se fit plus dur qu'avant.

— Non. André a trouvé son corps, il y a une demi-heure. Ben a été abattu et, ensuite, ils lui ont tranché la gorge.

C'était la signature des gens de Malkovich.

Bon sang. Ben avait une femme et des enfants. Il était passé sur l'aérodrome en se disant que c'était un poste plus sûr que d'être dans mon équipe de sécurité rapprochée.

Jonas avait prévu tout cela. Il avait sacrifié un homme bon.

— Putain, mais pourquoi n'avons-nous pas été avertis que la piste était en cours d'utilisation ?

— Parce que Jonas a veillé à ce que ça n'arrive pas, dit Kurt en pointant l'écran.

Les visages de Dax et de Samuel Walter étaient encerclés en rouge. Ils se tenaient au pied des escaliers de l'avion dans lequel Jonas avait embarqué et, au vu de leur comportement, ils n'étaient pas seulement avec lui, mais avec Malkovich.

Depuis combien de temps jouaient-ils sur les deux tableaux ?

Le sentiment de trahison me fit l'effet d'un coup de poing dans les tripes. C'étaient deux lieutenants hauts placés dans l'organisation, qui étaient là depuis l'époque où *Opa* dirigeait la famille. Je leur avais fait confiance. Ils m'avaient aidé à me remettre les idées en place après les meurtres de ma mère et de ma sœur. Ils avaient joué la carte de la loyauté envers la famille avant tout.

Menteurs. Ils avaient sacrifié la vie de l'un de nos hommes, et mis ma femme en danger de mort.

Ces ordures allaient apprendre ce qu'il en coûtait de se ranger du côté de quelqu'un d'autre que la famille.

— Est-ce qu'ils sont revenus après avoir déposé Jonas ? demandai-je, mais à personne en particulier.

Cette fois-ci, je fus incapable de cacher la rage qui bouillonnait en moi.

Lucas me répondit :

— Oui. Ils sont au sous-sol. Je leur fais fouiller les dossiers à la recherche d'informations sur les planques de Jonas.

— Je suis sûr qu'ils ont adoré cette tâche.

Du temps de Jonas, Dax et Samuel furent au sommet de la chaîne alimentaire, mais avec moi, cela n'aurait pas été le cas. Ils auraient dû prouver qu'ils étaient dignes de leurs postes.

Cela n'avait plus d'importance maintenant.

— Ils n'ont pas tout à fait compris le fait que je sois ton

second et que, si je leur demande de récurer les toilettes, ils ont juste à la fermer et à s'exécuter.

— Kurt, tu es aux commandes. Sécurisez la pièce. Je crois qu'il est temps d'avoir une discussion avec les frères Walter.

Sans me préoccuper de savoir si mes instructions étaient suivies, je fis volte-face et pris le chemin du sous-sol.

Alors que j'approchais, j'entendis Dax dire :

— Ce sont des beautés. Dommage qu'elles ne soient pas à ton goût.

— Ferme-la. Si quelqu'un t'entend, Weber n'y réfléchira pas à deux fois avant de nous descendre, lui répondit Samuel.

— Le gamin a besoin de nous. Nous connaissons tous les secrets de son père. Comment pourrait-il le localiser autrement ?

L'amusement dans la voix de Dax m'indiqua qu'il n'aurait aucun scrupule à me doubler.

J'entrai lentement dans la pièce, mes hommes restant silencieux dans mon dos. Ni Dax ni Samuel ne remarquèrent mon arrivée.

— Tu es trop arrogant. Tu as vu la manière avec laquelle il regardait sa femme. Ce ne sera pas aussi simple, dit Samuel en ouvrant une autre boîte. Mais pourquoi est-ce qu'il a besoin de toutes ces merdes inutiles ?

— Ce ne sont pas nos affaires. Le patron voulait qu'on les conserve. Tu n'as qu'à suivre le plan.

Il était temps que j'annonce ma présence.

— Ça vous ennuie de me dire ce qu'est ce plan ? Surtout que, maintenant, je suis votre patron.

Les deux hommes se figèrent.

J'avançai vers eux.

— Je vous ai donné un ordre.

Leurs yeux qui ne cessaient de remuer, comme s'ils cherchaient un moyen de s'échapper, me firent presque espérer qu'ils tentent quelque chose. Ils étaient imposants, mais, après des années passées à donner des ordres, ils manquaient d'entraînement.

— Je ne sais pas de quel plan vous parlez, me dit Dax qui se releva sur un carton, et vint vers moi. Nous suivons simplement les directives de Flynn.

Je dus lutter contre l'envie de le frapper d'un revers de la main quand je sentis son rictus.

Je tendis une main et, aussitôt, Lucas y plaça le couteau à cran d'arrêt qu'*Opa* m'avait donné avant sa mort, celui-là même dont il se servait pour discipliner ses soldats.

Au bruit de l'ouverture du couteau, Dax prit la fuite vers la fenêtre, sa seule issue. Il n'eut pas le temps de faire plus d'un pas avant que je ne l'attrape par les cheveux, le pousse au sol et plante l'arme dans la main dont il allait se servir pour se relever.

— Qu'est-ce qui te prend, gamin ? rugit Dax.

Appuyant un pied sur sa gorge, je me penchai sur lui, libérant ma lame et, presque aussitôt, Dax rua, essayant de me frapper à son tour, mais je bougeai et le cognai entre les côtes avec mon couteau.

— Arrête de te débattre, sans quoi je vais faire en sorte qu'à la prochaine torsion de mon poignet, tu respires par un tube pour le reste de ta très courte existence.

Du sang s'écoula de la main de Dax et de sa blessure, là où se trouvait toujours mon couteau.

— Écoute-le, merde ! cria Samuel. Ce pognon ne vaut pas ta vie.

Les yeux de Dax s'exorbitèrent quand j'enfonçai plus profondément la lame, mais il ne bougea pas.

— Maintenant, je veux que tu nous racontes tout. Tu oublies quoi que ce soit, tu es mort. Tu louvoies, tu es mort. Tu me mens, tu es mort. Et toi, ajoutai-je à l'attention de Samuel, qui restait près des cartons qu'il était en train d'ouvrir, s'il omet quoi que ce soit, ou qu'il m'empêche de protéger ma femme, tu subiras une mort lente et très atroce. Fais en sorte qu'il n'oublie aucun détail.

Retirant le couteau, je l'essuyai sur la chemise de Dax, le tendis à Lucas et me relevai.

— Tu connais la routine. Fais-leur cracher tous les détails, et que ce soit douloureux.

— Je m'en occupe.

— Contacte Benz et organise une réunion.

Je savais que je n'aurais pas à en dire plus. Lucas allait s'occuper de tout.

Maintenant, tout ce que j'avais à faire, c'était de convaincre ma femme de quitter le pays sans qu'elle apprenne que mon père avait prévu de la vendre pour récupérer son empire.

Sebastian

J'arrivai à mon penthouse un peu avant 18 heures et trouvai des sacs de voyage dans l'entrée. Certains m'appartenaient, et d'autres faisaient partie de ceux qu'Isa avait fait livrer le matin de notre mariage.

Pourquoi aurait-elle fait mes bagages ? Où prévoyait-elle d'aller ?

Puis, je m'arrêtai. Quelqu'un l'aurait-il appelée pour la prévenir que je l'emmenais ? Cela n'avait quand même aucun sens. Personne ne franchirait la limite, surtout pas Lucas, et surtout pas après que la nouvelle s'était répandue que Dax et Samuel étaient définitivement écartés de l'infrastructure Weber.

— Isa.

Il n'y eut pas de réponse. Je me rendis dans notre

chambre. *Notre chambre.* Voilà ce qu'elle était. Et je préférais être maudit plutôt qu'il en soit autrement. Si Jonas pensait pouvoir me doubler, prendre l'argent qu'*Opa* lui avait alloué et rester le roi, alors il devrait y réfléchir à deux fois.

Cinq minutes après que j'avais vu les photos de lui en train d'embarquer dans l'avion, j'avais fait avertir toute la famille, alliée ou non, que si quelqu'un offrait son aide ou l'asile à Jonas Weber, ce serait une déclaration de guerre.

J'avais perdu ma mère et ma sœur à cause de ses manigances. Je n'allais pas perdre Isa.

Bon sang, pour la protéger, j'avais fait l'unique chose à laquelle personne ne se serait attendu de ma part. J'étais allé voir Russo Benz.

Cet homme me détestait par principe. Savoir que je n'avais absolument rien à voir avec l'accord qu'*Opa* avait passé avec son père ne changeait rien à la colère qu'il éprouvait à l'idée de perdre le contrôle sur l'empire qu'il avait bâti. J'avais beaucoup de respect pour lui : il avait pris la petite organisation que lui avait léguée son prédécesseur, et il avait créé quelque chose de dix fois plus grand.

Il était dur et impitoyable, mais il ne faisait aucun doute dans mon esprit qu'il aimait sa fille et qu'il ferait tout son possible pour la garder en sécurité.

Quand je l'avais informé des projets de Jonas, il avait failli péter les plombs. Mais, il connaissait les règles, et il ne pouvait pas faire un geste envers mon père sans qu'il n'y ait des conséquences pour le reste d'entre nous. Isa m'appartenait maintenant. Il avait accepté de mettre ses ressources à contribution pour garder un œil sur mon père au travers de ses connexions russes, ainsi que sur mon territoire pendant que j'étais loin avec ma femme.

C'était une démonstration de confiance de ma part envers Benz, et aucun autre patron d'organisation de la même envergure que la mienne ne l'aurait jamais fait. Ce geste avait changé quelque chose entre nous, et je savais que j'avais un allié.

Alors que j'entrais dans la chambre, les derniers mots de Benz avant que je ne quitte sa maison résonnèrent dans ma tête :

Il y a trois choses que tu dois faire, et je t'accorderai ma loyauté. Prends soin de ma petite fille, traite-la correctement et rends-la heureuse. Quoi que tu aies fait pour la blesser, arrange les choses. Je sais que ma fille te connaissait avant-hier. Je l'ai vu dans ses yeux lorsque les portes de la chapelle se sont ouvertes. Je ne te demanderai pas comment. Je ne demanderai pas non plus quand ça a commencé. Tout ce que je te demande, c'est de ramener la Isa que je connais.

Il aimait profondément Isa. Peu lui importait qu'elle ne lui ait toujours pas pardonné, ni à sa femme, de lui avoir imposé un mariage. Elle était son bébé, son unique enfant.

J'éprouvais un nouveau respect comme lui. Il ne considérait pas le fait d'avoir une fille comme une contrainte. D'après ce que les gens en savaient, Russo n'avait jamais pris de maîtresse pour faire d'autres enfants. C'était une pratique courante au sein des familles du crime organisé. Pour un mafieux, il avait considéré ses vœux de mariage comme un lien sacré. Et je n'aurais aucun problème à en faire de même.

— Isa ? l'appelai-je de nouveau, juste avant d'entendre le bruit de l'eau qui coule.

M'avançant vers la salle de bains, j'ouvris la porte, et une bouffée de vapeur me submergea. La silhouette du corps voluptueux d'Isa à travers le verre dépoli de la cabine de douche était comme un *peep-show*. Un dont je serais le seul à profiter.

Je me sentais possessif quand je la voyais. J'avais ressenti cela dès cette première soirée, au club. Je l'avais ressenti de plus en plus fort à mesure de nos rencontres au café. Et, maintenant que nous étions mariés, je le ressentais jusqu'aux tréfonds de mon âme obscure.

Mon sexe durcit alors que je la regardais verser du liquide sur son éponge et savonner son corps. Ses gestes n'étaient pas destinés à être séducteurs, mais mon corps n'en avait cure. Je n'aurais pas dû désirer quelqu'un comme ça. Je lui avais fait l'amour toute la nuit.

Non, elle m'avait fait l'amour toute la nuit. Je lui avais laissé tenir les rênes, du moins la plupart du temps, pour qu'elle puisse évacuer sa rage envers moi. À présent, nous étions dans un territoire nouveau et nous devions tous deux apprendre à nous diriger.

Elle faisait les choses comme elle l'entendait. Je savais qu'elle n'était pas stupide, en tant que fille adorée de Benz, ce n'était pas possible. Mais en tant que *ma* femme, c'était un tout autre niveau. Il faudrait que cela change. Elle ne pourrait pas se rendre n'importe où sans la protection adéquate. Elle avait son propre service de sécurité, mais je ne faisais confiance à personne d'autre qu'à mes propres hommes pour protéger sa vie.

Une fois nu, je me caressai et avançai vers la douche. Elle n'avait toujours pas réalisé que j'étais dans la salle de bains, en train de la regarder.

Elle sursauta quand j'ouvris la porte, laissant tomber son éponge et se tournant pour me faire face, le dos contre la paroi de la douche.

Les multiples jets qui frappaient sa peau lui donnaient l'air d'un véritable rêve érotique. Elle était parfaite, avec les bonnes courbes aux bons endroits, une bouche faite pour s'enrouler autour de mon sexe et des yeux si bleus qu'ils me donnaient l'impression de voir jusqu'au fond de mon âme.

Elle m'étudia, ses prunelles s'attardant sur mon membre qu'elle me regardait caresser de la base au bout. Elle se lécha les lèvres, et je faillis gémir. Ses mamelons durcirent et sa peau rougit, non pas à cause de la chaleur de l'eau, mais à cause de son excitation croissante.

Je relâchai ma prise, laissant ma verge frapper mon ventre, et refermai la porte de la cabine de douche, sans jamais détourner mon regard d'elle.

Elle leva une main pour que je reste loin d'elle.

— Il faut que je te parle. C'est important.

— Est-ce que cela a un rapport avec les sacs, devant la porte d'entrée ?

Je me rapprochai jusqu'à ce qu'elle pose sa paume sur ma poitrine.

— Oui. Il faut qu'on quitte la ville. Bri m'a dit que tu étais en danger.

Bon sang, mais que lui avait donc raconté Bri quand je les avais laissées seules ?

Elle avait toujours vent d'une chose ou d'une autre,

fomentée contre l'héritier de la famille Weber. Elle aurait dû savoir tout aussi bien que moi que mes commandants à Interpol m'auraient averti.

J'allais devoir avoir une conversation avec Bri pour qu'elle cesse de faire paniquer ma femme. Cependant, il semblerait que l'envie d'Isa de me protéger ait joué en ma faveur. Je n'aurais pas besoin de la convaincre de partir, ni de lui dire pourquoi je voulais l'emmener loin.

Imbécile. Un mensonge par omission, c'est toujours un mensonge. Tu n'as donc rien appris la première fois ?

— C'est le lot quotidien quand on est un Weber, Isa. Tu devrais savoir que c'est la même chose pour ton père.

— Bri m'a affirmé que la menace est crédible. Cela vient de conversations *underground*.

Je pris sa main pour la poser sur mon membre, jusqu'à ce qu'elle me caresse de haut en bas.

— Tu ne m'écoutes pas.

Elle me libéra, prête à passer derrière moi, mais je l'attrapai par la taille et plaquai mon corps excité contre le sien trempé.

— Ma vie est jalonnée de menaces. C'est de toi qu'il faut que je me soucie. Maintenant, si quelqu'un te menaçait, alors je devrais prendre des précautions drastiques. Je fis glisser mon membre engorgé entre ses jambes et les lèvres gonflées de son sexe, en m'assurant de toucher son ouverture.

— Je ne vais pas te laisser me séduire pour que j'oublie mes inquiétudes.

Sa voix était rauque à présent, son désir gagnait du terrain.

— Que me suggères-tu de faire ?

— Je veux quitter la ville, dit-elle alors que son intimité devenait de plus en plus moite, à mesure que je la taquinais avec mon pénis. Bri… Bri a dit qu'elle te contacterait pour te donner les détails.

Oh que oui, j'allais contacter Bri, très bien ! Mais pour l'instant, j'allais prendre ma femme.

— Si je suis d'accord pour quitter la ville, est-ce que tu te calmeras ?

— Pas seulement la ville. Il faut qu'on quitte l'Europe.

J'aurais dû me sentir mal qu'elle dise exactement ce que, moi, je lui aurais dit. Mais je n'allais pas rechigner.

— Très bien. Mais j'ai une question pour toi.

Je fis remonter ma main le long de son flanc.

— Quoi ?

Je la posai sur sa nuque et sentis son pouls s'emballer, en même temps que ses pupilles se dilataient.

— Ton inquiétude à mon sujet signifie-t-elle que tu tiens à moi ?

Elle plissa les yeux.

— Tu sais bien que c'est le cas.

— Vraiment ? Si je me souviens bien, hier soir, tu m'as dit que tu me détestais.

Je me penchai et frottai ma barbe naissante contre sa joue.

Un gémissement franchit ses lèvres, et elle tendit la gorge pour m'offrir un meilleur accès, alors que ses mains remontaient sur ma poitrine et autour de mon cou. Je léchai les perles d'eau sur sa peau. Ses mamelons durcirent encore.

— Je ne te déteste pas. Je devrais, mais ce n'est pas le cas.

Je tirai son visage pour qu'elle me regarde.

— Alors, que ressens-tu ?

— Toi, que ressens-tu pour moi ? répliqua-t-elle.

Je savais qu'elle éprouvait exactement la même chose que moi, un sentiment sur lequel ni elle ni moi ne voulions mettre un mot. Quelque chose qui ferait d'elle ma plus grande faiblesse.

Bon sang, mais de qui me moquais-je ? Elle était *déjà* ma plus grande faiblesse, et la raison pour laquelle Jonas s'était servi d'elle pour faire pression sur moi.

Au lieu de lui répondre, je la soulevai en la prenant par les cuisses, écartai ses jambes, positionnai mon membre et m'enfonçai en elle.

— Baz.

Elle rejeta la tête en arrière et se cramponna à mes cheveux et à mon épaule.

Je fis des va-et-vient en elle, à un rythme impitoyable, sentant revenir la colère au sujet de ce que j'avais découvert.

— Dis-le-moi, Isa.

— Non.

Je m'enfonçai jusqu'à la garde et fis rouler mes hanches, plaquant la base de mon membre contre son clitoris sensible. Au moment où je sentis ses parois intimes frémir et se contracter, je sortis et m'immobilisai de nouveau, laissant le gland juste dans son ouverture.

— Ne t'arrête pas ! Merde. J'y étais presque.

Elle me frappa dans le dos et tenta de se servir de ses jambes pour m'obliger à la pénétrer.

— Pas avant que tu n'aies prononcé les mots.

— Tu n'es pas juste, répondit-elle en secouant la tête. Pourquoi veux-tu autant de moi alors que tu ne me donnes rien ?

Même à travers le jet de la douche, je voyais ses larmes.

Glissant mes doigts dans ses cheveux, je plongeai dans ses yeux.

— Tu es à moi, Isa.

— Qu'est-ce que ça veut dire ?

Je secouai l'eau qui coulait sur mon visage et posai mon front contre le sien, soutenant toujours son regard.

Les sentiments que j'éprouvais pour elle étaient trop intenses pour poser des mots dessus, mais je savais qu'il fallait que j'essaie. Les derniers mois avaient signifié bien plus pour moi que n'importe quelle autre période de ma vie.

— Cela signifie que jamais je ne te laisserai partir.

Coup de reins.

— Cela signifie que je tuerai quiconque essaiera de t'enlever à moi.

Coup de reins.

— Cela veut dire que tu es ma faiblesse. Un homme comme moi ne peut pas se permettre d'avoir des faiblesses.

Coup de reins.

— Je pourrais détruire le monde pour te protéger.

Elle avait le souffle saccadé pendant que je travaillais son sexe et qu'elle assimilait mes paroles.

— Je ne veux pas que tu détruises le monde. J'ai juste besoin de toi.

Je cessai de nouveau de bouger.

— Qu'est-ce que ça veut dire, Isa ?

Je sentis son hésitation avant qu'elle ne dise :

— Cela veut dire… Que je t'aime, Baz. Je devrais te détester pour m'avoir menti, pour tout ce qu'on m'a imposé, mais ce n'est pas le cas. Je suis tombée amoureuse de toi. Pourquoi m'as-tu poussée à t'aimer ?

Mon cœur faillit exploser quand j'entendis ses mots. Elle m'aimait. J'avais enfin quelqu'un à moi. Vraiment à moi.

— Parce que tu es née pour m'appartenir.

Ma voix était éraillée, mais je m'en fichais.

Je posai mes lèvres sur les siennes et me remis à la pilonner.

Nous ne prononçâmes pas un mot tandis que le désir nous submergeait. S'embrasser. Se goûter. Faire l'amour.

Ses ongles s'enfoncèrent dans ma peau, et elle vint à la rencontre de chacun de mes coups de reins avec les exigences de son corps.

— Oh, mon Dieu… Oh, mon Dieu ! Baz. Je vais jouir. Je vais jouir.

— Jouis, bébé, jouis, grognai-je à travers mes dents serrées.

Elle fut prise de spasmes et se contracta si fort autour de mon sexe que je vis des étoiles.

J'explosai en même temps qu'elle, m'enfonçant profondément en elle.

Je savais que nous aurions dû utiliser une protection. Nous n'étions pas prêts pour les prochaines étapes de la vie. Mais la pensée de voir son ventre arrondi tandis qu'elle porterait mon enfant déclencha un besoin primitif de la voir définitivement liée à moi.

— Oh, bon sang ! C'est incroyable.

Mon cerveau cessa totalement de fonctionner, à l'exception du besoin de déverser toute ma semence en elle.

Quand je fus de nouveau capable de bouger, je me rendis compte que je ne lui avais pas offert les mots qu'elle m'avait donnés. Je n'étais pas sûr de pouvoir le faire un jour. Je devrais simplement le lui prouver en assurant sa sécurité. Je serais capable de mourir pour la protéger. J'espérais ne jamais avoir à en arriver là.

Isa

— Où allons-nous ? demandai-je à Sebastian pour la dixième fois depuis que nous avions décollé à bord de l'un de ses jets privés, un peu plus d'une heure plus tôt.

— Dans un endroit inattendu.

Je pinçai les lèvres et lui jetai un regard noir tandis qu'il parcourait des papiers, assis en face de moi.

— Cela ne me dit rien.

Le léger sourire sur sa bouche me dit qu'il restait volontairement vague.

Je grognai et sortis le livre que Lilly avait glissé dans mon sac quand j'étais passée au bureau pour lui dire que nous quittions la ville quelques jours.

Au lieu de râler au sujet de l'évaluation de la collection d'art de Bri, qu'elle allait devoir faire seule, elle avait quasiment sauté de joie. Elle s'était dit que nous partions en voyage de noces, et je n'avais pas rectifié.

Lilly était désespérément romantique et elle avait besoin de quelqu'un qui comprenne son grand cœur. Avec un peu de chance, Kane s'en rendrait compte et lui donnerait ce qu'elle voulait, au lieu de souffler le chaud et le froid avec elle. Je ne savais pas grand-chose de lui, en dehors du fait qu'il dirigeait le club de Sebastian. Il faudrait que j'interroge Baz à son sujet.

Plus tard. Une fois que je connaîtrais notre destination. Une fois que mon agaçant mari m'aurait donné un os à ronger.

— Arrête de me regarder comme ça. Ce n'est pas grave de ne pas avoir le contrôle parfois. Je n'ai pas l'intention de t'emmener dans un endroit que tu n'aimerais pas.

— Dit l'homme qui détient tout le contrôle. Je suis étonnée que tu m'aies laissé te sauter pendant notre nuit de noces.

Il leva son regard sombre.

— Qu'est-ce qui te fait croire que je n'avais aucun contrôle dans cette situation ? La seule chose que tu n'es pas, c'est un chef, même si tu es effectivement au-dessus.

Je repensais à la façon dont il m'avait tenue pendant que je le chevauchais, à sa manière de guider mes mouvements, à sa capacité à me faire jouir.

Merde. Il avait raison.

Mes joues s'échauffèrent.

— Je n'aime pas que tu aies tout le pouvoir dans notre relation. C'est déséquilibré.

Sebastian se leva de son siège sans dire un mot et vint vers moi. Quand il fut sur moi, il s'accroupit, posant une paume sur ma cuisse. Sa poigne était possessive.

— Le pouvoir et le contrôle sont deux choses différentes, dit-il alors que ses doigts glissaient sur ma peau, repoussant l'ourlet de ma robe. Le contrôle, c'est avoir la capacité de se concentrer sur les besoins et les désirs de sa femme, et de les lui donner avant de prendre son propre plaisir.

Tous les nerfs de mon corps s'éveillèrent alors que sa main remontait.

— Le pouvoir, c'est la capacité de pousser un homme à mettre de côté tout ce sur quoi il s'est un jour concentré pour sa femme.

Son pouce frôla le tissu humide de ma culotte.

— Depuis le début, tu as eu tout le pouvoir. J'étais à ta merci. J'étais prêt à te supplier pour une minute de ton temps, pour avoir le plaisir de te goûter. J'ai passé des mois à te retrouver pour le café, en sachant que j'aurais préféré être enfoui en toi. Tu m'as poussé à désirer des choses que j'ignorais vouloir. Si ce n'est pas du pouvoir, je ne sais pas ce que c'est.

Ses doigts glissèrent au-delà de mon string et plongèrent profondément dans mon intimité, puis se retirèrent en ciseaux. Mon corps se cambra vers lui tandis que ma tête retombait contre les coussins du siège. Le livre sur mes genoux tomba au sol avec un bruit sourd.

— Baz.

Je fermai les yeux, perdue dans le plaisir que m'offrait sa main diabolique.

— Tu es la seule personne à pouvoir me faire grimper dans un avion en plein milieu d'une prise de contrôle, au moment où je devrais affirmer mon autorité sur mon territoire.

Il fit des va-et-vient, mon excitation inondant sa main.

— C'est toi qui détiens tout le pouvoir, Isa.

Mes parois intimes vibrèrent avant de se contracter, au bord de l'orgasme.

— Mais je contrôle ton plaisir, et tu ne jouiras pas à moins que je te laisse faire.

Il se retira brusquement, me laissant en plan.

— Non. Baz. Qu'est-ce que tu fais ?

Il sourit, portant ses phalanges à sa bouche pour les sucer.

— Tu n'es pas sérieux. Tu vas me laisser en plan ?

— Si nous étions dans notre cabine, je pourrais y songer, mais ici, n'importe qui peut te voir.

Il se pencha vers l'avant, prenant mes lèvres dans un baiser profond.

Je pouvais me goûter, et cela ne fit qu'intensifier le désir inconfortable au creux de mon ventre.

Il redressa la jupe de ma robe et récupéra mon livre sur le sol. Sebastian en lut le titre, sourit, puis le posa sur mes genoux.

— Je crois que c'est une excellente lecture. Dis à Lilly que je la remercie.

Il se leva et retourna à son bureau. Moins d'une seconde

plus tard, Denise, l'hôtesse de l'air, entra dans le salon avec un plateau de boissons et de nourriture.

— Prépare-toi, marmonnai-je de sorte que seul Sebastian put m'entendre. Je vais me venger.

— Je n'en doute pas, répondit-il sans se préoccuper de Denise. Souviens-toi que c'est moi qui ai le contrôle.

— Si tu le dis. Je peux m'en occuper sans ton aide, dis-je à Sebastian tout en souriant à Denise, qui posait mon verre et une assiette de fruits et de fromages devant moi.

— Mais tu n'en feras rien.

Il prit son plateau et sa boisson qu'il déposa sur le bureau.

Je pris un raisin que je glissai dans ma bouche.

— Et pourquoi pas ?

Il tourna vers moi son regard sombre, presque noir. L'intensité que j'y lus déclencha une envolée de papillons dans mon ventre.

— Parce que la récompense en vaudra au moins dix.

— Oh, dis-je avant de mordre dans le fruit sucré. Alors, c'est un genre de jeu ?

— Quelque chose comme ça. Je te promets que tu ne le regretteras pas.

Je savais que je n'obtiendrais pas ce que je voulais, et peu importait à quel point mon corps avait besoin d'être soulagé.

— Très bien. J'attendrai.

Sebastian sourit.

— Fais donc ça. En attendant, pourquoi ne lirais-tu pas le livre que Lilly t'a préparé. Je suis sûr que tu vas être fascinée par cette lecture.

Était-ce de l'humour que j'entendais dans sa voix ? J'allais me venger, orgasme ou pas.

J'attrapai le livre que Lilly avait choisi pour moi et faillis gémir. C'était un exemplaire du *Kama Sutra*, avec des illustrations et des descriptions détaillées. Je serrai les dents.

Meilleure amie ou pas, cette femme était une plaie.

Heureusement pour elle, je l'adorais.

Isa

— Isa. Il est temps de se réveiller.

— Non, gémis-je avant de me retourner. Il me faut quelques heures de sommeil en plus.

Sebastian gloussa.

— Tu as dormi pendant sept heures. Il est temps que tu te prépares.

Ce fut à ce moment-là que je me rendis compte que j'étais allongée sur un lit, sous des couvertures luxueuses, qui me donnaient l'impression d'avoir sur la peau le coton le plus doux et le plus riche en fils.

Mes yeux s'ouvrirent. Sebastian était penché sur moi. Il était torse nu, et sa mâchoire portait une barbe naissante, ce qui lui donnait un air râblé. Ses cheveux étaient mouillés, signe qu'il avait pris une douche.

Je jetai un œil par-dessus son épaule et admirai la pièce

opulente. Elle était décorée dans des tons neutres et doux. C'était donc la cabine privée. J'étais déjà montée dans des jets privés auparavant, mais jamais avec une chambre ou une douche. D'un autre côté, je n'avais jamais fait que le tour de l'Europe, où tout n'était qu'à quelques heures de vol, et une fois aussi pour rendre visite à Ana à Las Vegas. Mais j'avais pris un vol commercial sous un faux nom, avec un passeport qu'elle m'avait fourni.

— Comment suis-je arrivée ici ? La dernière chose dont je me souviens, c'était que je regardais l'un des *Ocean's*[1].

J'avais aussi le vague souvenir de m'être blottie contre lui quand l'avion avait rencontré des turbulences, et de m'être rendormie. Je devinai que ce ne furent pas des turbulences, mais Sebastian qui m'avait portée ici.

Il secoua la tête.

— Tu as un sommeil de plomb. Tu as à peine remué quand je t'ai déshabillée et mise au lit.

À cet instant, les draps qui me couvraient glissèrent, dévoilant mon corps nu.

— Toute nue ? Vraiment ?

Il haussa un sourcil.

— Je dors nu. Par conséquent, tu dors nue.

Son regard se porta sur mes seins, et aussitôt mes mamelons durcirent.

— Est-ce que tu m'as offert un orgasme pendant que tu y étais ? lui demandai-je en fronçant les sourcils. Je crois que si ç'avait été un dix, je me serais réveillée.

— Tu ne t'en es toujours pas remise, hein ?

— Ce n'est pas toi qui es actuellement frustré.

Il me prit la main et la posa sur son érection, que je n'avais pas remarquée jusqu'à présent.

— Je suis dans cet état depuis que je t'ai rencontrée au club. Et peu importe le nombre de fois où je jouirai en toi. Ce ne sera jamais suffisant.

Au lieu de sortir du lit, je le chevauchai, laissant les lèvres de mon sexe envelopper son membre. Comme je l'avais fait pendant notre nuit de noces.

— Aussi tentante sois-tu, nous n'aurons pas de relations sexuelles, dit Sebastian alors même que ses mains empoignaient mes fesses, me frottant contre lui, l'enduisant de mon excitation.

Je l'embrassai dans le cou, inhalant son parfum enivrant, puis mordillai sa peau.

— Je ne veux pas avoir de relations sexuelles, lui dis-je en le repoussant sur le dos. Du moins, pas de la manière que tu crois.

Il se détendit sur le lit, calant ses bras derrière sa tête.

— Je t'en prie. Si tu préfères que je jouisse dans ta bouche plutôt que dans ton intimité, qui suis-je pour discuter ?

Glissant à l'écart de son corps, j'empoignai son membre à la base. Merde, il était incroyable. Je m'étonnais encore qu'il me prenne sans me déchirer. Mais, d'un autre côté, j'étais toujours prête pour lui. Le léger inconfort valait bien le plaisir.

— Est-ce que tu vas le regarder, ou en faire quelque chose ?

La question de Sebastian me tira de mes pensées, et je le serrai de la base à la pointe avant de redescendre. Une perle goutta de la fente sur la tête renflée de son érection. J'eus l'eau à la bouche à l'idée de le goûter, mais au lieu de céder à mon désir, je léchai l'épaisse veine en dessous.

— Merde, qu'est-ce que c'est bon !

Je souris et continuai mon exploration avant de le prendre entièrement dans ma bouche, si loin qu'il heurta le fond de ma gorge. Des larmes remplirent mes yeux alors que je luttais contre le réflexe nauséeux.

Comme si mon inconfort excitait davantage Sebastian, son membre sembla devenir plus dur et plus épais. À chaque mouvement vers le bas, cela devenait plus facile de le prendre. Quand son poing se referma dans mes cheveux pour aider les va-et-vient de ma bouche, je sus que son orgasme était imminent.

Je le relâchai avec un petit bruit, me libérai de sa main et me rendis à la salle de bains, ignorant le picotement de mes lèvres et la moiteur qui s'accumulait entre mes cuisses.

— Isa.

Le grognement de Sebastian était féroce.

— Comme tu l'as dit, j'ai le pouvoir. Surtout quand ton sexe est dans ma bouche. Maintenant, tu vas souffrir de la même façon que moi.

✳︎✳︎

Sebastian

• • •

— Ne sois pas fâché. Tu sais que tu l'as mérité, dit Isa en franchissant les marches menant au tarmac de l'aéroport international McCarran, à Las Vegas.

L'air était frais et sec, un contraste frappant avec la dernière fois que j'étais venue ici. C'était il y a des années, quand je suivais des cours à l'université du Nevada, à LA. Ce n'était pas le premier choix d'école de ma famille, mais, d'un autre côté, ses membres n'étaient pas au courant que j'étais une nouvelle recrue d'Interpol, et que l'un de leurs meilleurs centres de formation se trouvait dans le Nevada.

— Je ne suis pas fâché.

— C'est ça, tu n'es pas fâché, dit Isa d'un ton moqueur avant de regarder, pour la première fois depuis l'atterrissage, les montagnes et les bâtiments près de nous.

Elle se tourna vers moi, les yeux brillants d'excitation.

— Nous sommes à Vegas !

Sa joie atténua l'irritation que j'avais ressentie depuis qu'elle était partie, quelques secondes avant que je n'explose dans sa gorge.

— N'oublie pas. Tant que nous sommes ici, nous sommes Sebastian et Isa Kohl. Weber et Benz n'existent pas.

— Comme si je n'étais pas capable de le comprendre toute seule. Ce sera Kohl alors, mais je dois te dire quelque chose.

— Quoi ?

À ce moment-là, une berline aux vitres teintées s'arrêta, et Hagen et Persephone Lykaios en sortirent. Lui, avec ses bras bronzés, couverts de tatouages et son visage naturellement renfrogné, dominait sa belle épouse aux cheveux noirs, de la taille d'un lutin, avec son mélange unique d'héritage grec et indien.

— Penny ! s'écria Isa avant de dévaler le reste des escaliers en courant, oubliant ce qu'elle avait à me dire.

— Isa.

Les deux femmes s'embrassèrent et se mirent à discuter. Je n'en comprenais pas la majeure partie, car elles passaient de l'allemand à l'anglais sans prendre le temps de respirer. Je n'avais pas réalisé que Penny parlait allemand.

Pourquoi étais-je surpris ? C'était un génie, avec un niveau d'intelligence que je n'avais jamais vu que chez une seule autre personne : son frère, Adrian.

— Nous devons parler anglais ici. Tu connais les règles. Quel que soit le pays où nous nous trouvons, c'est la langue que nous parlons, répondit Isa en prenant les mains de Penny.

L'anglais d'Isa ne ressemblait pas à ce à quoi je m'étais attendu ; elle était éloquente, avec une pointe d'accent britannique. C'était sûrement à cause de toutes les années qu'elle avait passées à étudier au Royaume-Uni.

Penny pinça les lèvres.

— Allez ! Je ne suis pas allée en Allemagne depuis que tu as ouvert ton premier club.

— Les règles sont les règles, dit Isa en haussant les épaules. Ce n'est pas moi qui les ai établies. C'est toi.

— Je suis ton aînée. Tu es censée me laisser faire ce que je veux.

— Est-ce que cette réplique a déjà marché sur qui que ce soit ?

Penny haussa les épaules.

— Cela valait la peine de tenter le coup. Allez, montons dans la voiture.

Les femmes marchèrent main dans la main jusqu'à la berline.

Isa ne plaisantait pas quand elle disait qu'elle était amie avec Penny.

Hagen posa sur moi ses yeux qui en voyaient toujours trop. Il avait passé la plus grande partie de sa jeunesse à travailler comme exécuteur de la mafia avant de rentrer dans le droit chemin. Enfin, le droit chemin façon Vegas.

Nous nous serrâmes la main quand je me rapprochai de lui, et je le laissai m'étreindre.

— Ça fait longtemps. Alors comme ça, tu as épousé notre Eloisa Wolff.

Wolff ?

Isa se tourna et me jeta un regard malicieux au moment où elle montait dans la voiture, avant de reporter son attention sur ce que disait Penny.

Voilà ce qu'elle allait me dire. J'aurais dû me douter qu'Isa ne laisserait jamais quiconque connaître les liens de sa famille à moins que ce ne soit strictement nécessaire.

— Oui, je l'ai épousée. Maintenant, c'est une Kohl.

Hagen sourit.

— Si c'est comme ça qu'on la joue, ça me convient.

Hagen avait été l'un des premiers à comprendre que ni Adrian ni moi n'étions des étudiants normaux. Il avait gardé nos secrets, sans jamais nous demander pour qui nous travaillions réellement. Si Adrian le lui avait révélé quand il était allé travailler pour Hagen et ses frères, je n'avais jamais dévoilé mes liens.

Toutefois, j'étais certain qu'il était au courant de mes rapports avec Interpol et ma famille.

— Comment va Adrian ?

J'étais impatient de voir l'homme qui avait été mon meilleur ami ces dix dernières années.

J'en avais pris un coup, quand il s'était retiré et avait coupé les ponts avec moi. D'un autre côté, il avait passé la majeure partie de notre amitié sous couverture, à prétendre être un autre. Il appartenait à la CIA, et la seule manière de repartir de zéro, c'était de tuer la vie qu'il avait vécue, relations comprises. C'était plus propre et plus sûr de cette façon.

— Il empêche Ana d'en faire trop. À cause de sa grossesse, elle est un peu impatiente de finir ses projets avant la date prévue, et elle est de mauvaise humeur quand on lui dit de s'asseoir. Adrian subit le poids de sa colère.

Intérieurement, je grimaçai à la mention d'Ana. Amener Isa ici, c'était prendre le risque qu'elle découvre que j'avais couché avec l'une de ses amies proches, mais j'y étais préparé.

Elle serait plus en sécurité ici que nulle part ailleurs, entourée des familles Lykaios et Kipos.. Ils poussaient la protection de leurs proches à un niveau que je n'avais jamais vu en dehors des familles de criminels.

J'avais envoyé un message à Adrian en lui expliquant que nous devions faire profil bas et disparaître dans le monde de Vegas. Il y avait bien trop de gens ici pour que quelqu'un remarque deux Allemands.

— Est-ce que tout est organisé ?

— Oui. Il ne lui arrivera rien pendant que vous êtes ici. Tes hommes sont arrivés et sont en place.

Ce qui signifiait que personne ne saurait qu'ils étaient là, à moins qu'ils ne veuillent se faire remarquer. C'était un mélange de soldats de Weber et de membres d'agences de sécurité qui acceptaient des postes entre deux affectations.

— Je vous ai installés dans le penthouse d'Ida. Il dispose d'un système d'ascenseur et d'une entrée séparés.

— J'apprécie le fait que tu nous héberges.

Hagen plissa les yeux.

— Je sais que tu as aidé à sauver Ana quand sa mission a mal tourné. Tu as contribué au fait de la ramener à la maison. Je te serai toujours redevable pour ça.

Eh bien, voilà qui était inattendu. Je n'avais pas l'intention de lui demander comment il avait eu vent de ces détails : c'était à Adrian et à Ana de gérer cette information.

— Ce n'est pas une dette.

Ana appartenait à Adrian, et c'est tout ce qui comptait.

— Nous sommes d'accord pour ne pas être d'accord, dit-il en se retournant. Allons installer ta dame.

Isa

En arrivant dans l'allée courbe du casino et complexe hôtelier *Ida*, je fus frappée par la taille de l'endroit. C'était comme une sculpture élégante de tours et de bâtiments conçus pour se distinguer de la lumière de Vegas sans paraître criards.

— C'est plutôt incroyable, n'est-ce pas ? demanda Penny, une pointe de fierté dans la voix. Tu devrais le voir depuis l'entrée principale. Là, tu auras alors une vraie idée de l'endroit.

Les hôtels et casinos de Monte-Carlo et de Saint-Tropez étaient élégants et dégageaient une aura d'ancienne fortune qui vous donnait l'impression de ne pas pouvoir y entrer, mais celui-ci vous attirait et vous donnait envie de l'explorer.

— Je lui ferai faire le tour du propriétaire une fois que

nous serons installés, déclara Sebastian en me prenant la main quand la portière s'ouvrit.

Les préposés se présentèrent aussitôt à nous, sortant les sacs de l'arrière du SUV pour les transporter à l'intérieur.

— On vous voit tous les deux pour le déjeuner demain, chez moi, nous annonça Penny. Ne la fais pas sortir trop tard, Sebastian.

— Je ne peux rien promettre, dit-il, sortant le premier pour m'aider ensuite.

Je fis un signe de la main à Penny alors que la voiture s'éloignait, et passai le bras sous celui de Sebastian. Il me guida à l'intérieur du hall, et je restai bouche bée devant l'extraordinaire lustre suspendu au plafond. C'était un mélange saisissant de verres clair et or rougeâtre qui occupait presque tout l'espace.

— Putain de merde ! m'exclamai-je, basculant la tête en arrière pour mieux voir.

— Je croyais que tu m'avais dit être déjà venue à Vegas.

— Effectivement, mais incognito, et jamais en tant que cliente de l'hôtel. J'ai séjourné dans l'appartement où Ana vivait, dans une tour, avant d'épouser Adrian. Nous avions tendance à éviter tout endroit où les frères Lykaios auraient pu nous apercevoir.

— Alors, quand les as-tu rencontrés ?

— Au brunch du dimanche. C'est un truc qu'ils font une fois par mois. C'était très amusant. J'ai battu les frères au poker quand nous avons joué. J'ai même battu Penny, et elle est impitoyable. Mais j'ai perdu chaque partie contre Henna. Cette femme est un requin aux cartes.

Sebastian me regarda comme si j'avais deux têtes.

— Quoi ?

— Tu as joué au poker contre les Lykaios ?

— Pourquoi est-ce que ça te surprend autant ? Ils jouent aux cartes après le brunch quand les enfants les plus jeunes font la sieste.

— Et tu les as battus ?

— Tous, à l'exception de Henna.

— Qui t'a appris à jouer ?

— Papa. C'est un grand stratège. Il a toujours dit qu'il fallait que j'aie un coup d'avance et que je garde mon sang-froid. Alors, c'est ce que j'ai fait.

Sebastian m'attira contre lui et m'embrassa sur la tête.

— Tu es une femme complètement dingue.

— Oh que oui ! Je suis avec toi.

Avant qu'il ne puisse rétorquer, un homme grand et au teint doré, vêtu de l'uniforme de l'hôtel, s'approcha de nous.

— Monsieur et madame Kohl. Je suis Eduardo, le manager de la réception. Bienvenue à la *Résidence Ida*. Votre ascenseur personnel est par là. Si vous voulez bien me suivre.

Nous nous arrêtâmes dans une alcôve abritant un unique ascenseur.

— Monsieur Kipos a programmé le code en suivant votre requête pour l'ascenseur et le penthouse. Profitez bien de votre séjour.

Sebastian inclina la tête pour le remercier, puis posa une main sur le bas de mon dos pour me guider dans l'ascenseur. Quand les portes se refermèrent, j'étudiai le reflet de mon mari dans les miroirs qui ornaient les parois de la cabine.

Bon sang, qu'il était sexy ! Ce n'était pas seulement son physique, mais sa manière de se comporter. Il dégageait cette aura dangereuse qui aurait donné envie à n'importe quelle femme de s'approcher. C'était probablement ce qui m'avait attirée vers lui au départ. Si seulement je pouvais être certaine que ce truc entre nous n'était pas à sens unique ! Il m'avait poussée à avouer mes sentiments, mais jamais il ne m'avait dit ces mêmes mots.

Il me les fallait. Mais d'un autre côté, pourrais-je le croire s'il les prononçait ?

— Quoi ? me demanda-t-il, l'air curieux.

— J'étais en train d'admirer l'homme qui m'appartient. Tu es beau.

Ses lèvres se courbèrent tandis qu'il soutenait mon regard.

— C'est toi qui es belle. Tu as ces yeux qui deviennent d'un bleu plus profond quand tu es excitée, cette bouche qui donne à un homme des visions de lèvres enroulées autour de son sexe, et un corps fait pour l'amour.

Il se tourna, m'agrippa la taille et me plaqua contre la main-courante de la cabine.

— Ensuite, il y a ton tempérament. Ce feu qui dit que la passion que tu déchaîneras sera dévorante et incontrôlable.

— Baz, murmurai-je en levant le visage, cédant à la séduction de ses mots et à l'envie de l'embrasser.

Avant que nos lèvres ne se touchent, les portes de l'ascenseur s'ouvrirent, brisant notre transe.

J'entrai dans le penthouse et haletai.

Je n'avais jamais rien vu de tel. L'endroit était vaste. Les murs extérieurs étaient constitués de fenêtres, offrant des vues sur tous les angles de Las Vegas et du désert qui entourait la ville.

Le balcon du salon ressemblait à une retraite thermale, avec des fleurs et des plantes tout autour, plus que vraisemblablement conçu pour permettre à nos sens de faire une pause dans l'agitation de la ville en contrebas.

La cuisine était à la pointe de la technologie, et le mobilier était moderne et propre, comme tout le reste de l'hôtel.

Ce n'était pas un penthouse ordinaire. Ce devait être le fameux penthouse dont Ana disait qu'il avait appartenu à Hagen, et dont elle s'était servie avant d'emménager dans sa maison.

— Impressionnant, n'est-ce pas ? dit Sebastian en s'approchant de moi, posant une main sur mon dos.

— Ce n'est rien de le dire, répondis-je, levant les yeux vers lui. Il pourrait rivaliser avec notre chez-nous à Berlin.

— Mais notre vue est meilleure.

Il avait raison. Notre penthouse donnait sur la rivière et avait un effet apaisant sur les sens. La vue sur le *Strip* pouvait avoir l'effet inverse et les submerger, surtout pour quelqu'un qui passait beaucoup de temps à travailler en solitaire.

— C'est très vrai. J'apprécie la folie de Las Vegas pour un court séjour, mais j'aurais du mal à gérer plus longtemps qu'une semaine ou deux.

— Si tu veux une adresse à Vegas pour de courts voyages, je suis sûr que l'un des Lykaios aura une propriété disponible.

— Ça ira. En outre, si je devais acheter un appartement à l'un des Lykaios, ce serait Henna. Cette femme s'y connaît en immobilier.

Henna Anthony-Lykaios était la demi-sœur d'Ana et la femme de Zack Lykaios. Elle avait été la rivale de ce dernier en matière de développement immobilier. Ensuite, ils étaient tombés amoureux et, aujourd'hui, ils s'étaient donné pour mission de repeupler le Nevada avec leur progéniture. La rumeur disait qu'Henna attendait le bébé numéro six, et cela faisait à peine quatre mois qu'elle avait donné naissance à sa petite fille.

— C'est bien noté. Qu'as-tu envie de faire ce soir ?

J'avais envie de lui répondre « avoir de multiples orgasmes », vu que mon corps ne s'était pas encore remis de nos facéties en avion. Au lieu de cela, je répondis :

— Tu décides.

— Et si l'on allait faire un tour au club de Hagen ?

Je lui souris.

— C'est une idée parfaite.

— Oh bon sang. Tu es magnifique.

Je rayonnai devant la réaction de Sebastian lorsque j'entrai dans le salon du penthouse, une heure plus tard.

Il s'avança vers moi en m'offrant sa main. Je glissai ma

paume dans la sienne, et sentis un picotement d'énergie grésiller entre nous.

— Tu n'es pas trop mal non plus de ton côté.

Je laissai mon regard dériver de haut en bas sur son corps.

Le mot qui correspondait le plus à son allure, c'était *chaud*. Terriblement chaud. Avec de la crème fouettée et une cerise sur le dessus.

Cet homme était l'incarnation même du sex-appeal. Sa chemise noire texturée et ajustée et son jean denim foncé mettaient en valeur son corps musclé et sa taille. Il avait remonté ses manches, dévoilant ses bras tatoués.

Ma libido était en surrégime, et j'avais envie de lui sur moi, en moi, de n'importe quelle manière.

— Et si nous laissions tomber le club pour nous mettre tout nus ?

— Excitée, bébé ?

Je fronçai les sourcils.

— Tu sais très bien que c'est le cas. Qu'est-ce qu'on attend ? Nous venons de nous marier. Nous sommes censés nous envoyer en l'air comme des lapins.

— Ça s'appelle la gratification différée.

— Gratification différée, mon cul ! m'exclamai-je en entrant dans l'ascenseur, traînant Sebastian derrière moi. Allez, allons brûler nos frustrations.

Sebastian ne parut pas impressionné et me suivit sans un mot.

À l'instant où nous pénétrâmes dans le *Nyx*, la boîte de nuit de renommée mondiale, mon agacement envers mon mari et mes hormones disparut.

Les photos que j'en avais vues ne rendaient pas justice à l'endroit. Les lignes droites et la décoration intérieure neutre de l'immeuble se retrouvaient ici, mais il y avait une ambiance plus sensuelle. Des touches d'or rougeâtre ponctuaient l'endroit, des luminaires aux statues.

— Oh bon sang ! Ce sont des vraies ! dis-je en pointant du doigt un ensemble de figurines grecques positionnées dans une alcôve murale, au-dessus de la piste de danse. Elles doivent avoisiner les 10 millions, pièce.

— Je suppose que tu n'es pas la seule à pouvoir te vanter d'avoir des œuvres d'art originales dans tes clubs.

— Ce n'est pas quelque chose que je crie sur les toits. Je me suis simplement dit que ça allait bien dans le décor, et il se trouvait que je possédais les pièces.

— Viens, dansons.

Nous nous avançâmes jusqu'à la piste de danse et, aussitôt, Sebastian m'attira contre lui.

— La dernière fois que nous avons dansé ensemble, j'ai dû te laisser partir. Ce soir, je rentre à la maison avec toi.

— Dommage que le sexe ne semble pas être au menu.

Nous fîmes onduler nos hanches et nos corps au rythme de la musique, totalement en harmonie l'un avec l'autre.

Il dansait comme un homme qui savait ce qu'il faisait. Ses mouvements étaient à la fois autoritaires et sensuels, presque séducteurs.

Nous restâmes sur la piste durant trois morceaux, perdus dans le tempo.

Les mains de Sebastian glissèrent sur mes flancs, puis l'une d'elles empoigna mes cheveux sur ma nuque, tandis que l'autre se posait sur mon dos, me plaquant contre lui.

— Tu es l'incarnation de tous mes fantasmes.

Il était excité. La faim qui se lisait dans ses yeux sombres me fit retenir mon souffle et mon sexe se gorgea de désir.

Il m'avait laissée en plan toute la journée et j'avais désespérément besoin d'être libérée.

— Baz, je veux aller au lit.

— Tu en es sûre ?

Je frottai mon bassin contre son membre épais et dur.

— Absolument.

— Alors, allons-y.

Il me prit la main et embrassa mes doigts, avant de les entremêler aux siens et de me conduire hors du club.

Sebastian

— Es-tu toujours en colère contre moi ? demandai-je à Isa alors que nous nous rendions à la propriété d'Adrian et d'Ana, là où le clan Lykaios-Kipos attendait notre arrivée.

— Je ne suis plus aussi fâchée, mais tu n'es pas ma personne préférée en ce moment. Ce que tu as fait était mal à de nombreux niveaux.

Je faillis rire devant la grimace incrédule qu'Isa m'adressa.

Notre nuit n'avait pas pris fin comme elle s'y attendait. Au lieu de lui arracher ses vêtements et d'enfouir mon membre loin en elle, chose dont j'avais envie, je l'avais aidée à se déshabiller et l'avais bordée.

Je savais qu'elle avait été choquée et carrément énervée, mais elle m'avait obéi. Mais, sans le moindre doute, elle préparait une revanche comme ce qu'elle avait fait dans le jet.

Le fait qu'elle se soit endormie, à peine quelques minutes après que j'avais éteint la lumière, n'avait pas d'importance, elle s'était quand même réveillée d'une humeur de chien, me décrochant à peine quelques mots durant toute la matinée.

Je savais que je devais y aller doucement, alors j'avais fait la seule chose qui, j'en étais sûr, la calmerait. Je l'avais emmenée sur un stand de tir, celui-là même où Adrian et moi nous étions rencontrés pendant notre formation. Celui-ci fonctionnait grâce à la collaboration de plusieurs agences, sous la couverture d'un club de tir privé.

À la seconde où Isa avait compris où nous étions, son froncement de sourcils avait disparu, remplacé par un calme impatient qui était à la fois troublant et intrigant.

Pour quelqu'un qui était né pour être une princesse choyée, sa fascination pour les armes me perturbait au plus haut point. Je ne savais pas quel genre d'introduction aux armes à feu elle avait reçu de Bri, mais Isa était fanatique. Il s'agissait plutôt de maîtriser une compétence que de s'en servir dans un combat.

J'avais lu des choses au sujet de ses capacités, mais en être témoin personnellement, c'était plus qu'impressionnant. La voir se concentrer alors qu'elle faisait mouche sur chacune de ses cibles était étrangement excitant. Si je lui en avais fait part, elle m'aurait sans doute répondu que je le méritais pour l'avoir torturée.

Si elle n'avait pas été ma femme, et que je l'avais rencontrée quelques années plus tôt, je l'aurais recrutée pour l'agence.

Ce fut à ce moment que je réalisai qu'elle travaillait déjà pour l'une d'entre elles en particulier, Solon. Maintenant que j'y réfléchissais, j'avais entendu parler d'un expert en antiquités basé en Allemagne, auquel le bureau berlinois d'Interpol faisait appel pour diverses affaires.

Ce devait être Isa. Il était évident que nous allions devoir avoir une longue conversation à propos de ses « clients ».

Avant même de pouvoir aborder le sujet, il faudrait que je raconte à Isa la vérité au sujet d'Interpol et, surtout, au sujet de ce qui s'était passé avec Ana et Adrian lors de notre dernière mission.

Repoussant la catastrophe que je savais inévitable, je me concentrai sur le jeu auquel je me livrais avec Isa.

— Je te promets que l'attente en vaut la peine.

Elle marmonna quelque chose à voix basse, alors que nous nous arrêtions devant une grande maison à deux niveaux, en stuc et au toit en tuiles espagnoles, avec une immense pelouse conçue pour se fondre dans le paysage désertique.

— Merde. Jamais je ne me lasserai de voir cet endroit.

Isa se déplaça vers la portière de la voiture quand elle s'ouvrit.

Je sortis en premier, et lui offris ma main pour qu'elle puisse sortir. Quand elle la prit, je la tirai vers moi pour un baiser.

Quand je me retirai, la chaleur était de retour dans ses yeux bleus.

— Tu veux que je te construise quelque chose comme ça ?

Elle secoua la tête.

— Non, notre penthouse est parfait. Je suis une fille de la ville. En plus, je préfère qu'on m'offre des armes mortelles plutôt que des manoirs.

Elle tapota son sac à main, où elle avait placé le pistolet que j'avais acheté chez un revendeur, près du stand de tir.

— Tu es, sans le moindre doute, la femme parfaite pour moi.

Cela fit apparaître un sourire sur ses lèvres.

— Vous allez rester dehors toute la journée à vous faire les yeux doux, ou vous allez entrer ? Il y a une femme enceinte dans cette maison qui est sur le point de sortir et de vous traîner à l'intérieur ! s'écria Penny depuis la porte d'entrée ouverte.

Isa

Je ne pus m'empêcher de sourire en entendant le ton hargneux de Penny.

— Nous étions en train de discuter d'armes, lui répondis-je. Tu sais à quel point j'aime ça.

Penny ricana et haussa les sourcils en regardant Sebastian.

— Je suis sûre que tu aimes l'arme qu'il porte sur lui en permanence.

Cette femme était incorrigible.

— Bien évidemment. Sinon, je ne l'aurais pas épousé.

Penny leva les yeux au ciel.

— Et tu es bien certaine que cela n'a rien à voir avec une archaïque tradition européenne, de mariage arrangé ?

— Absolument pas.

— Venez, laisse-moi te présenter mon petit frère, Adrian. Je suis sûre que tu sais que, Sebastian et lui, c'est une histoire qui remonte à loin. Ils ont étudié ensemble à l'université.

Adrian arriva et je ne pus m'empêcher de contempler sa beauté masculine sculpturale. L'homme était bien bâti et était presque trop beau, surtout avec les effets supplémentaires de l'ombre de sa barbe et d'une légère cicatrice sur son menton.

Bon sang, Ana avait bien joué.

— Bonjour, Isa. Je n'ai pas eu l'occasion de te rencontrer la dernière fois que tu es venue. J'ai entendu dire que tu étais un requin aux cartes. J'espère avoir la chance de voir tes compétences en action.

— On ne sait jamais.

En entrant dans la maison, je marquai un temps d'arrêt et vis Adrian taper du poing avec Sebastian, puis le serrer dans ses bras.

— C'est bon de te revoir, dit Sebastian en donnant une tape dans le dos d'Adrian.

— Ça fait trop longtemps.

Le ton de Sebastian se réduisit à un murmure.

— Je m'étais habitué à voir ta sale tronche presque tous les jours.

— C'est mieux comme ça. Je ferai ce qu'il faut pour Ana. Elle fait tout pour surmonter ce qui s'est passé.

Sebastian était au courant de ce qui était arrivé à Ana ? Il allait falloir que nous discutions sérieusement.

— Est-ce que tu lui as dit ? lui demanda Adrian alors qu'ils s'écartaient l'un de l'autre.

Sebastian secoua la tête, et j'entendis Adrian marmonner :

— Idiot. Tu es en train de creuser ta tombe.

C'était quoi, ça ?

Avant que je ne puisse interroger les hommes sur cet échange inhabituel, je fus submergée par pléthore de câlins et de salutations. Hagen, Pierce, Zack, et Henna m'entouraient.

Avec eux, j'avais l'impression de rentrer à la maison. Ils étaient heureux de me voir, et m'accueillaient. Il en avait été ainsi depuis notre première rencontre. Les frères, en particulier, avaient la réputation d'être des durs, mais, avec moi, ils étaient très affectueux. Au début, j'avais cru que c'était parce que j'étais l'amie de leur demi-sœur, Ana, mais ensuite, j'avais réalisé qu'ils m'aimaient vraiment.

Maintenant, chaque fois que l'un des Lykaios se rendait près de l'Allemagne, nous nous retrouvions. De tous, Hagen était celui qui venait le plus souvent me rendre visite et qui m'avait conseillée lorsque j'avais lancé mes clubs.

— Où est Ana ?

Je tentai de regarder par-dessus les épaules de ces messieurs. Mais c'était comme essayer de voir par-dessus un mur de mecs de plus d'un mètre quatre-vingts.

— Vous êtes beaux à regarder et tout, mais j'ai besoin de voir ma copine.

— Je suis la future baleine échouée qui se trouve ici, dit Ana, et je la vis quand les frères bougèrent.

— Tu ne seras jamais une baleine échouée. Tu es absolument magnifique.

J'allais jusqu'à elle et l'entourai de mes bras.

Je ne mentais pas. Ana semblait tout droit sortie des pages d'un catalogue de maternité haut de gamme. Sa peau dorée, unique, qu'elle avait héritée de son père indien et de sa mère grecque, ajoutait à sa beauté. Elle était une déesse de la fertilité incarnée.

J'étais dans la maison de gens qui semblaient avoir été créés par les dieux grecs.

— Tu es bonne pour mon ego. Il est possible que je ne te laisse pas rentrer chez toi.

— Où Isa ira, j'irai, dit Sebastian en arrivant dans mon dos.

Ensuite, il eut un genre de conversation silencieuse avec Ana. Les yeux ambrés d'Ana, semblables à ceux d'un tigre, s'écarquillèrent et je vis passer une lueur d'agacement avant qu'elle ne secoue la tête.

— Qu'est-ce que je rate ? leur demandai-je à tous les deux.

Presque aussitôt que j'eus posé la question, les pièces du puzzle se mirent en place.

Sebastian m'avait expliqué qu'il avait travaillé avec Bri.

Je m'étais dit que cela avait été en tant qu'informateur, ou consultant, comme moi je l'étais. Ce qui ne pouvait être le cas puisqu'il avait vu Adrian quasiment toutes les semaines jusqu'à récemment. Ensuite venait le fait que Sebastian était au courant de ce qui était arrivé à Ana lors de sa dernière mission. Si je connaissais certains détails, c'était uniquement parce qu'ils figuraient dans le dossier de certaines œuvres d'art que j'avais dû évaluer après la clôture de l'affaire. Même à l'époque, mes informations restaient limitées et je n'avais pu que deviner ce qui avait pu arriver à Ana.

Visiblement, Sebastian connaissait plus de détails que moi.

Ce qui signifiait une chose : c'était lui, l'homme qui avait aidé à sauver mon amie quand sa mission avait mal tourné et qu'elle avait été enlevée. Elle avait été affectée à une affaire menée conjointement par Solon, Interpol et la CIA. Elle travaillait pour Solon, et Adrian était agent de la CIA. Ce qui ne laissait plus que Sebastian.

Qui travaillait pour Interpol.

Mon mari, un patron de la mafia, était un agent pour une agence de renseignement. Maintenant, je comprenais le service qu'il avait rendu à Bri. Il avait aidé à sauver un de ses agents. Ana.

Je scrutai le visage inquiet de Sebastian.

Je passais encore à côté de quelque chose. Mon regard oscilla entre Ana, Adrian et Sebastian.

— Je crois que nous devrions tous les quatre aller dans une autre pièce pour avoir une conversation.

Ana jeta un regard furieux à Sebastian en glissant son

bras sous le mien, et me tira vers l'arrière de la maison et une porte ouverte.

Nous entrâmes dans une pièce qui ressemblait à une bibliothèque.

Une fois à l'intérieur et la porte verrouillée, je balançai :

— Tu bosses pour Interpol.

— Oui, répondit Sebastian.

— Je sais qu'Ana fait partie de Solon, continuai-je en la regardant.

— *Faisait* partie. J'ai démissionné.

Je reportai ensuite mon attention sur Adrian.

— Et tu es de la CIA.

— Je suis à la retraite.

J'avançai jusqu'à une fenêtre donnant sur le désert.

— Et vous étiez tous les trois sur la dernière affaire d'Ana.

Je tentai de me rappeler tout ce que j'avais entendu et lu dans l'analyse du cas. Ils avaient pour mission d'arrêter un réseau de trafic sexuel. Ana était censée se présenter comme une potentielle victime quand elle avait été enlevée. Deux agents avaient fait semblant d'être des acheteurs.

— Vous avez couché avec Ana. N'est-ce pas ?

Une vague de jalousie me submergea, me donnant la nausée. Ana était une personne que je respectais, que j'admirais. C'était une espionne du tonnerre.

— Oui, confirma Sebastian en faisant un pas vers moi, mais je secouai la tête.

Il ne pouvait pas me toucher à cet instant.

— Combien de fois.

— Une seule.

Je surpris Ana en train de se frotter le ventre avec un visage inquiet, et vis la main d'Adrian sur son épaule.

Elle était tombée enceinte pendant cette période, il n'y avait aucun doute dans mon esprit.

— Y a-t-il la moindre chance que le bébé soit de toi ?

Je lus la surprise sur les traits de Sebastian.

— Non. Sans le moindre doute.

— Absolument pas, ajouta Adrian, mais je l'ignorai, me concentrant sur Sebastian.

— Pourquoi ne me l'as-tu pas dit ?

— Je ne savais pas comment t'avouer que j'avais couché avec l'une de tes plus proches amies dans le cadre de mon boulot, sans révéler pour qui je bossais ou te faire du mal.

— J'aurais préféré l'entendre de ta bouche que de l'apprendre de cette manière, lui dis-je alors qu'une larme roulait sur ma joue. N'as-tu pas encore compris que, me cacher des choses, c'est aussi douloureux que si tu me mentais ?

— Bébé, il y aura toujours des choses dont je ne pourrai pas te parler.

Je serrai les dents.

— Je ne veux pas le savoir. Il y a une foutue différence entre avoir couché avec ma copine et diriger l'entreprise.

Il devait me prendre pour une idiote. Je connaissais les règles, je savais que, quand il s'agissait de la famille, il y aurait des choses que je ne saurais jamais.

Je regardai de nouveau Ana.

— Tu as entravé mon enquête sur Sebastian. Tu savais que j'allais l'épouser.

Elle hocha la tête.

— Je n'avais pas le choix. Mais je te promets que je t'ai donné tout ce qui était disponible à son sujet, et qui n'était pas classifié.

— Et me dire que tu t'étais tapé mon futur mari, c'était classifié.

Je n'arrivais pas à dissimuler la peine ou la colère dans ma voix.

— Isa, tu sais comment ça fonctionne ? soupira Ana. Certaines affaires nous obligent à faire des choses auxquelles nous n'aurions même pas pensé dans le monde réel. Nous étions sous couverture. Nous n'avions pas le choix. Nous étions surveillés, et il fallait que cela ait l'air vrai.

Je grimaçai en songeant à ce qu'elle avait dû vivre.

En toute logique, je savais que certains agents allaient jusqu'à incarner leurs personnages. Ana avait été kidnappée et vendue. Adrian et Sebastian avaient fait tout ce qu'il fallait pour la récupérer.

— C'est juste que je suis tellement lasse de tous ces secrets.

— Isa, nos vies tout entières sont faites de secrets, dit Sebastian en se plaçant devant moi. Est-ce qu'on pourrait parler seul à seul ?

Je hochai la tête. Et, dans ma vision périphérique, je vis Ana et Adrian se lever.

Est-ce que j'en faisais trop ?

Peut-être.

C'était peut-être ma jalousie qui alimentait ma douleur.

Non. On m'avait menti. Une fois encore.

Cela me mettait en colère que quelqu'un que je connaissais ait vu Sebastian nu, ait senti son toucher, ait su ce que c'était que de l'avoir au plus profond de soi. Mais plus encore, c'était parce que Sebastian me l'avait caché. Encore une case à cocher dans la colonne « je ne sais pas si l'homme que j'aime est réel, ou le fruit de mon imagination ».

— Isa ?

Je regardai Ana.

— Si ça peut t'aider à te sentir mieux, je te laisserai coucher avec Adrian.

— C'est hors de question !

Le rugissement de Sebastian avait quelque chose de comique, et j'en aurais ri si je n'avais pas été autant en colère.

— Ana, mon bébé, dit Adrian, l'air légèrement amusé. Je ne crois pas que ce soit une solution. En outre, si jamais je m'approchais d'une autre, tu me la couperais.

— Je suppose que tu as raison. Cette idée me donne envie de me servir d'un couteau.

Ils sortirent de la bibliothèque tout en parlant.

Sebastian alla verrouiller la porte et revint vers moi.

— Il faut qu'on mette les choses au clair, dit-il, me dominant de toute sa hauteur. Il n'y a qu'une seule femme que j'ai l'intention de « me taper », comme tu le dis, pour le restant de mes jours. Et c'est toi.

J'ouvris la bouche pour le contredire, mais la refermai. Il avait raison. Être jalouse de quelque chose qui s'était passé avant que nous ne nous connaissions était ridicule. J'avais eu des relations et des amants avant lui. Je n'étais pas certaine de vouloir que Sebastian rencontre l'un d'entre eux.

— Rien à dire ?

— Alors, est-ce qu'on fait simplement comme s'il ne s'était jamais rien passé entre toi et Ana ?

— C'est comme ça que ça marche. Une fois qu'une mission est terminée, on débriefe et on s'en va.

Il posa les mains sur ma mâchoire et releva ma tête.

Je plongeai dans ses iris sombres. La douleur de ce nouveau mensonge me fit me demander s'il était possible d'avoir une véritable relation avec lui.

— Isa, quand Jonas m'a forcé la main pour accepter notre mariage, j'étais en colère, et déterminé à vivre ma vie comme je l'avais toujours fait. Ce qui signifiait que je me serais concentré uniquement sur mon travail et sur l'accomplissement de mes missions par tous les moyens nécessaires.

» Je ne m'attendais pas à ressentir ça pour toi. Mais, maintenant que tu es à moi, mes priorités ont changé. Jamais je ne te laisserai partir. Tu es celle qu'il me faut.

Ce n'était pas une déclaration d'amour, mais c'était quelque chose.

J'étais tellement lasse d'être dans l'obscurité. J'avais besoin que les choses soient transparentes entre nous. Ce n'était pas comme si j'avais l'option de le quitter.

— J'ai besoin que tu me fasses une promesse.

— Laquelle ? demanda-t-il alors qu'un léger pli se formait entre ses sourcils.

— Ne me mens plus.

— Je ne t'ai pas menti.

— Les mensonges par omission sont toujours des mensonges.

Il hocha la tête.

— Alors, je suppose que je ferais mieux de te dire une dernière chose.

— Tu veux parler de la raison pour laquelle tu as accepté si facilement de quitter l'Allemagne ? Ou pourquoi tu avais déjà un avion, une destination et un itinéraire de prévus en moins d'une heure, sans te soucier le moins du monde des opérations de ton organisation ?

Sebastian grimaça.

— Tu as remarqué, hein ?

— Je ne suis pas idiote, et même un aveugle s'en serait rendu compte. Qu'est-ce qui se passe, Baz ?

— Loin de moi l'idée de penser de toi que tu es idiote. Asseyons-nous.

Il me conduisit vers des fauteuils non loin.

Au lieu de me laisser m'installer sur mon propre siège, il s'assit, puis me tira sur ses genoux. Il posa une main sur mes cuisses et l'autre sur mon dos, m'attirant contre lui.

Il restait silencieux comme s'il attendait un signe.

— Crache le morceau, lui ordonnai-je.

Il inspira profondément.

— Jonas a organisé le meurtre de ma mère.

Je ne m'attendais pas du tout à entendre ça.

— Quoi ? Comment l'as-tu su ?

— Nous l'avons découvert après que j'ai jeté Jonas hors de chez lui.

— Pourquoi tu ne me l'as pas dit plus tôt ? Tu semblais aller bien tout ce temps.

— J'ai passé les dix dernières années à pleurer ma mère et ma sœur. Mes tripes me disaient que Jonas était impliqué, mais j'avais essayé de les ignorer. Connaître la vérité ne change rien à leur disparition. Dans un sens, c'est une conclusion.

Ses paroles semblaient apaisées, mais il était impossible qu'il ne soit pas affecté par le fait d'avoir appris que son père était responsable de la mort de sa mère et de sa sœur.

Parfois, j'étais surprise de voir à quel point Sebastian ressemblait à Papa. Ce dernier n'avait pas versé la moindre larme à la mort d'*Opa*. Il s'était comporté comme à son habitude. Le seul signe qui montrait qu'*Opa* manquait à Papa, c'était la manière qu'il avait de toucher sa photo chaque matin en passant devant, dans le couloir.

— Avoir une conclusion ne signifie pas que tu ne ressens rien. Cette nouvelle a dû être dévastatrice.

— Je ne vais pas te mentir, mon cœur souffre de leur perte, mais me laisser submerger par la douleur ne me les ramènera pas. C'est la menace qui pèse sur toi qui me donnes envie de tuer Jonas à mains nues.

— Une menace ?

— Jonas nous a suivis depuis le début. Il avait des photos de nous chez *Emma* et à mon club. Il savait que nous étions ensemble avant notre mariage. Et avec toi, il a trouvé le moyen de pression parfait contre moi. Il n'y a que pour te protéger, *toi*, que je pourrais réduire le monde à néant.

Avec l'intensité de ses mots et sa manière de soutenir mon regard, je savais qu'il disait la vérité.

Rompant le contact visuel, je lui demandai :

— Et ?

— Et il a négocié pour te vendre à Malkovich, le chef d'une organisation russe qui essaie d'étendre son territoire en Allemagne, en échange de son soutien lorsque Jonas essaiera de me reprendre la famille, expliqua-t-il, les mâchoires serrées. À l'heure qu'il est, l'ordre est donné de t'enlever par tous les moyens nécessaires et de te livrer à la maison familiale de Malkovich, à l'extérieur de Moscou.

— Je ne comprends pas. Pourquoi me voudrait-il ? Pour autant que je sache, je n'ai jamais eu affaire à un Russe dans le cadre de mon travail.

— Selon les transcriptions des conversations enregistrées par Jonas, Malkovich te veut pour procréer. Tu viens de l'une des familles les plus puissantes d'Europe. Il tente d'établir un bastion en Allemagne et, pour lui, tu es son sésame.

Merde alors !

— Ça n'arrivera pas. Il est hors de question que je le laisse me toucher.

Sebastian resserra ses bras autour de moi.

— Si cet enfoiré met la main sur toi, il usera de tous les moyens pour s'assurer d'y parvenir.

Un frisson glacial envahit ma colonne. Qui que soit cette ordure, il avait l'intention de me violer pour réaliser sa vision démente.

— Et donc, quand j'ai insisté pour que nous quittions le pays, tu as accepté, parce que pour toi, c'était gagnant-gagnant, sans que tu aies besoin de tout me raconter.

— Je ne voulais pas t'effrayer.

— J'avais déjà peur. J'ai eu une conversation de dingue avec Bri, où elle m'a annoncé qu'il y avait un contrat sur toi.

Il secoua la tête.

— J'aurais préféré qu'elle garde cette merde pour elle. Depuis l'époque du lycée, il y a toujours eu des contrats sur moi. Cela fait partie intégrante de la vie que je mène.

— J'ai une question. Quel rôle joue le fait que tu sois un Weber dans ton travail pour Interpol ?

— Mes relations leur permettent de se placer dans des endroits où ils n'auraient jamais eu accès, et ils me laissent tranquille pour gérer mon entreprise. C'est un arrangement qui profite aux deux parties.

— Mais tu es un agent et le… (je ne savais pas trop comment le dire.)

— … chef d'un syndicat du crime, acheva-t-il à ma place. Il y a des limites que la plupart des organisations en Europe ne franchiront pas. Il se trouve simplement que je poursuis ceux qui le font.

Il parlait de trafic sexuel. C'était l'unique information qu'Ana m'avait fournie. Sebastian Weber était intraitable avec les personnes impliquées dans ce monde. Il était donc logique pour lui d'être impliqué dans la mission d'Ana.

J'avais toujours du mal à accepter le fait que mon mari ait couché avec une de mes amies, mais je devais m'en remettre. Au vu de la manière dont Adrian agissait envers Sebastian, il n'avait aucun problème avec le passé. Tout indiquait qu'ils étaient toujours amis, même s'ils ne pouvaient plus fréquenter les mêmes cercles.

— Est-ce que tu as omis quelque chose ? Un truc qui me donnerait envie de me servir d'un couteau, comme le dit Ana ?

— Non.

J'avais envie de croire qu'il ne pouvait rien y avoir de plus, mais d'un autre côté, son métier consistait à garder des secrets.

— Je suis sérieuse. J'ai aussi mes limites.

Il se pencha vers moi.

— Tu m'as demandé de te faire une promesse. La voici. Je te promets de ne jamais te mentir, que ce soit par omission ou autrement. S'il y a quelque chose que je ne peux pas te raconter, je le dirai simplement.

Je ne savais pas comment réagir face à cette dernière partie, mais je n'obtiendrais rien de mieux. Au moins, maintenant, je savais ce qu'il voulait dire en parlant de ses « facettes ». Chef du crime organisé, agent d'Interpol et Baz. Tant que mon Baz restait en dessous, je pouvais le gérer.

J'apprendrais à faire confiance avec le temps.

— D'accord.

Il m'adressa un sourire qui fit pétiller ses yeux pour la première fois depuis que nous étions entrés dans la bibliothèque.

Mon cœur manqua un battement.

Je posai les mains sur son visage et l'attirai vers moi pour l'embrasser.

Cette histoire de mariage était bien plus compliquée que je n'aurais pu l'imaginer.

Isa

Nous revînmes à l'*Ida,* un peu avant 20 heures. Ce qui était initialement prévu comme un brunch s'était transformé en une journée étonnamment relaxante, faite de nourriture, de poker, et de rires.

C'était instructif de voir Sebastian interagir avec tout le monde. Il avait une histoire commune avec la famille Lykaios-Kipos qui remontait à plus de dix ans. Et voir la facilité avec laquelle Adrian et Sebastian interagissaient soulagea toute jalousie persistante que je ressentais à propos de cette histoire entre Ana et mon mari.

Ce qui m'avait le plus surpris, c'était que personne n'avait paru perturbé par le fait que nous ayons disparu brusquement dans la bibliothèque pour revenir une heure plus tard. C'était comme si ce genre d'événement avait régulièrement lieu dans cette maison. D'un autre côté, c'était une famille très animée et intense.

Avec un peu de chance, nous pourrions profiter d'un autre de ces rassemblements avant que Sebastian et moi ne rentrions à la maison.

Juste au moment où le chauffeur s'engageait dans l'allée de l'hôtel, il me demanda :

— Est-ce que tu es fatiguée ?

J'inclinai la tête sur le côté.

— Non. Qu'as-tu prévu ?

Je savais que ce n'était pas du sexe. Pour une raison que j'ignorais, cet homme avait décidé de me garder dans un état de frustration perpétuelle.

— Je voudrais poursuivre une chose que nous avons commencée pendant notre nuit de noces, mais que nous n'avons jamais terminée.

Mon cœur se mit à marteler ma poitrine et ma tête. Peut-être que cela mènerait à du sexe torride et débridé, après tout.

— En as-tu envie ?

L'anxiété et l'excitation parcouraient mes veines, tout comme la perspective de ce qu'il avait prévu.

— Oui.

— Alors, suis-moi.

Il m'offrit sa main, et nous sortîmes de la voiture dès que la portière s'ouvrit. Nous passâmes devant la réception et pénétrâmes dans la zone principale de l'hôtel opulent.

— Où allons-nous ?

Il continua de me guider devant les machines à sous et des tables où les gens jouaient aux cartes.

— Tu me fais confiance ?

— Oui, lui répondis-je avant d'ajouter : en ce qui concerne mon corps.

Ce n'était pas la réponse qu'il attendait, mais nous avions encore des problèmes à régler. Il s'était passé trop de choses pour que je lui accorde une confiance aveugle. La conversation que nous avions eue plus tôt dans la journée avait changé quelque chose entre nous. Je savais qu'il ne reviendrait pas sur sa parole. Il me tiendrait informée.

Je n'étais pas assez naïve pour croire que je saurais tout ce qui se passait dans son monde. Après avoir grandi auprès de Papa, je savais que, parfois, mieux valait ne rien savoir.

Je finirais tôt ou tard par lui faire une confiance totale. Tout ce qui m'importait, c'était que mon Baz serait toujours là, en dessous.

Il s'interrompit et se tourna vers moi. L'intensité de son regard me coupa le souffle. Il n'était pas contrarié par ce que j'avais dit. Il l'acceptait.

— Un jour, tu me feras totalement confiance, dit-il en prenant mon visage entre ses mains. Sache simplement que tu es à moi, Isa. Je te possède, te protège, te chéris. Ton plaisir est comme un baume sur mon âme noire.

J'agrippai l'un de ses poignets tandis que mon autre paume se posait sur sa poitrine.

— Ton âme n'est pas aussi sombre que tu le crois.

Le fait qu'il reconnaisse facilement mes sentiments brisa le mur que j'avais commencé à construire autour de mon cœur depuis que j'avais découvert la vérité sur ce qui s'était passé lors de la mission avec Ana.

— Alors, tu n'es plus fâchée contre moi pour t'avoir refusé un orgasme ?

Je ne pus retenir un sourire.

— Es-tu en colère contre moi pour t'avoir laissé en plan avec une érection de dingue ?

— Pas tant que je peux finir la soirée enfoui en toi. Ce qui est bien mon intention, et nous allons jouir tous les deux plus fort que jamais.

— Eh bien, quand tu le dis comme ça, je n'ai aucune objection quant à ce qui nous attend.

Les coins de sa bouche se recourbèrent, donnant à sa beauté un aspect encore plus stupéfiant.

Les portes de l'ascenseur s'ouvrirent alors que nous atteignions l'étage principal de l'hôtel.

Il recula, prit ma main dans la sienne et caressa du pouce le diamant de mon alliance.

— Alors, suivez-moi, madame Kohl.

— Après vous, monsieur Kohl.

À la seconde où nous entrâmes dans le casino, je fus stupéfaite. Des rangées interminables de machines à sous bordaient une zone ; une autre était occupée par des tables proposant toutes sortes de jeux, du poker au Blackjack en passant par la roulette.

C'était lumineux, avec des lignes nettes et modernes. Les seuls contrastes de couleur étaient constitués d'éclaboussures d'ambre riche. Puis je me souvins que l'hôtel avait été conçu comme un hommage à Penny, avant même que Hagen et elle ne soient en couple. Cet homme avait bâti un projet d'une centaine de millions de dollars autour de la femme de ses rêves.

— C'est assez incroyable, dit Sebastian. Tu devrais voir celui créé par Henna. Celui-ci fait honte en comparaison.

— Nous devrions prévoir d'aller le voir demain. La dernière fois que je suis venue, Henna m'a promis de passer une journée dans son spa haut de gamme une fois que le complexe serait opérationnel.

Une journée au spa me semblait incroyable après les montagnes russes émotionnelles que j'avais vécues la semaine dernière. Bon sang, après ce que j'avais traversé aujourd'hui.

Il me fixa.

— Quoi ?

— J'aime te voir comme ça.

— Comment ?

— Détendue, et pas tellement dans le contrôle.

— Je fais semblant d'être quelqu'un d'autre. Je peux me lâcher.

— Je veux que tu sois comme ça avec moi tout le temps.

— Tu sais bien que ce n'est pas possible. À la seconde où nous poserons le pied sur le sol allemand, les choses changeront.

— Ce n'est pas obligatoire.

Je le fis s'arrêter et posai une paume sur sa poitrine.

— Je le comprends vraiment, maintenant. Il faut que nous jouions nos rôles. Mais je vais te faire une promesse.

Il posa sa main sur la mienne.

— Laquelle ?

— Lorsque nous serons seuls, que les yeux ne seront pas rivés sur nous, nous serons Isa et Baz. Deux personnes qui sont tombées très vite et éperdument amoureuses, et qui sont parfaites l'une pour l'autre.

Quelque chose passa dans son regard brun foncé.

— Marché conclu. Maintenant, je veux te montrer une chose que tu vas apprécier, et dont la plupart ignorent l'existence dans cet hôtel.

Nous empruntâmes un chemin rempli d'odeurs de fleurs et de plantes fraîches qui, je le supposais, menait au jardin botanique dont Penny m'avait parlé lors de ma dernière visite.

Nous nous approchâmes d'un géant bien habillé, qui se tenait près d'un mur ouvragé.

Il nous scruta une seconde avant de demander :

— Nom ?

— Sebastian Kohl.

L'homme consulta son téléphone, puis hocha la tête et posa une main sur une plaque accrochée au mur. Une section se déplaça, dévoilant un couloir faiblement éclairé.

Je ne m'attendais pas du tout à ça. Mais, d'un autre côté, il s'agissait d'une propriété des Lykaios, et ils étaient réputés pour leurs designs uniques.

— Profitez de votre soirée.

Le son distant de la musique qui résonnait me signala qu'il y avait une sorte de salon de l'autre côté. Le décor et l'emplacement discret de l'endroit me faisaient résolument penser au club de Sebastian.

Ce fut à ce moment que cela me frappa. Sebastian m'emmenait dans un club de *kink*.

Le couloir déboucha sur une salle remplie de couples et de groupes qui dégustaient des cocktails et de la nourriture.

Mais, ce qui me surprit, ce furent les vêtements qu'ils portaient. Les femmes étaient vêtues de toutes sortes de tenues, de la robe à la lingerie à peine visible.

— Ils autorisent l'alcool dans les clubs ici ?

Je me souvins que Lilly avait mentionné qu'il n'y en avait pas dans les locaux du club de Sebastian. Les seules boissons disponibles étaient des sodas et des cocktails sans alcool.

— Seulement dans le salon. Toute personne participant à une scène doit passer un alcootest. Ils veulent que tous soient sobres quand ils jouent. C'est pour la sécurité de tous.

— Allons-nous boire un verre ?

— Non !

Mon rythme cardiaque s'emballa.

— Cela signifie-t-il que nous allons jouer ?

Sebastian posa sa main au creux de mon dos. Elle était presque comme une marque au fer rouge qui transperçait le tissu de ma robe. Puis il se pencha à mon oreille et murmura :

— Oui, effectivement. Je vais faire de ce fantasme que tu as dans la tête une réalité. Et quand j'en aurais terminé… (il laissa sa phrase en suspens).

— Que feras-tu quand tu auras terminé ?

— Je vais te prendre jusqu'à t'en faire perdre la tête.

— Oh ! dis-je alors qu'une légère douleur palpitait dans mon ventre. Je suis capable d'assumer.

— J'en suis ravi.

Sébastien poursuivit son chemin en empruntant des

escaliers, et ce que je vis en arrivant en haut me fit bouillir le sang.

Des scènes de tout type se jouaient tout autour de nous, dans différentes pièces, offertes à la vue de tous par des fenêtres en verre transparent. Il y avait des couples en train de pratiquer le jeu de la cire tandis que d'autres s'adonnaient pleinement au sexe.

Ce club était très semblable à celui de Sebastian, mais à plus grande échelle.

Dans la scène qui attira mon attention, un homme était attaché à une table pendant que sa maîtresse le caressait avec des gants noirs.

Je savais ce que c'était : des gants de Vampire. Lilly m'en avait parlé. Ils étaient dotés de ces minuscules aiguilles, qui ressemblaient à des punaises dans le cuir. Ils étaient destinés à stimuler la peau, à augmenter l'excitation sans blesser. Enfin, pas à moins que l'utilisateur n'en ait envie.

L'homme se cambra sous les caresses de sa maîtresse, et son érection repoussa le tissu de son pantalon.

— Tu veux que je m'en procure une paire ?

Sebastian passa un bras autour de ma taille et m'attira vers lui, quasiment comme il l'avait fait la première nuit où nous avions été ensemble.

— Oui.

— Il va falloir que je m'en souvienne. Es-tu prête pour ta propre scène ?

Une pensée me vint à l'esprit.

— Ce n'est pas public, n'est-ce pas ?

Il posa la main sur mon cou et me fit relever la tête, de sorte à pouvoir me regarder dans les yeux.

— Personne n'a le droit de te voir jouir en dehors de moi.

Le côté possessif de ses mots me donna la chair de poule.

— Maintenant, suis-moi.

Il relâcha sa prise sur ma gorge, et me guida vers un coin à l'écart.

Il saisit un code sur le clavier, et une porte cachée s'ouvrit. Nous empruntâmes un autre couloir, puis entrâmes dans une pièce éclairée de bougies.

Ma respiration devint immédiatement saccadée, et l'excitation que je ressentais auparavant se transforma en une véritable palpitation dans mon clitoris.

Sebastian ferma la porte, mais sans la verrouiller. Je n'étais même pas sûre qu'il y ait une serrure. Je connaissais les règles, grâce aux informations que Lilly m'avait données. Les portes ne pouvaient pas être verrouillées, juste au cas où les choses déraperaient, et où les mots de sécurité ne seraient pas respectés.

Ce qui me fit me demander :

— Est-ce que des personnes vont nous écouter ?

— Ça fait partie de leur travail, bébé. Ils n'ont aucune idée de qui est dans la pièce. Tout ce qu'ils font, c'est veiller à ce que les participants présents soient en sécurité, et que tout soit consensuel.

— Est-ce que ce n'est pas la même chose que d'être en public ?

— Non, bébé. Pour les gens qui écoutent, il ne s'agit pas de voyeurisme comme dans les scènes publiques. Pour eux, nous sommes comme n'importe quels autres membres du club, des clients sans visage. La seule manière pour nous de nous retrouver en contact avec eux, c'est s'ils estiment que la scène doit se terminer.

— Mais nous parlons allemand. Comment sauront-ils ce que nous disons ?

Sebastian passa un bras autour de moi et m'attira en avant.

— Il y a assez de gadgets technologiques dans cet endroit pour que les Lykaios sachent quand, où, et ce qui se dit. La langue n'est pas un obstacle. Adrian est un génie, comme sa sœur, et la tête pensante de chaque élément technologique sous l'égide des Lykaios.

Avant que je ne puisse poser une autre question, Sebastian posa un doigt sur mes lèvres.

— Tu ne parles plus, à moins que je ne te pose une question.

Le changement dans sa voix me fit dresser les cheveux sur la nuque.

— Quand je te relâcherai, tu te déshabilleras et tu t'agenouilleras sur le coussin près de la croix.

Je jetai un regard à la croix de Saint-André.

C'était vraiment sur le point de se passer. Je l'avais voulu. J'avais envie de ressentir l'euphorie de laisser quelqu'un prendre totalement le contrôle de mon plaisir. Sebastian m'avait dominée depuis le début ; il y avait toujours eu un rapport de force entre nous. Là, j'allais lui donner les rênes.

— Est-ce que tu comprends, Isa ?

La question de Sebastian me tira de mes pensées.

Je déglutis et hochai la tête.

— Je veux tes mots.

— Oui, je comprends.

— Quel est ton mot de sécurité ?

« Tromperie » me vint à l'esprit, mais je le repoussai. Il ne convenait plus. Ensuite, je sus. C'était logique. D'autres nous avaient obligés à nous mettre ensemble, mais nous avions eu une connexion instantanée.

Je levai les yeux sur lui.

— Destin.

Il empoigna mes cheveux, m'attirant pour un profond et étourdissant baiser, avant de me relâcher et d'avancer vers le fond de la pièce.

— Déshabille-toi et agenouille-toi près de la croix.

On aurait dit que l'énergie de la pièce avait complètement basculé dans quelque chose que je ne pouvais pas décrire, mais qui mettait tous mes sens en alerte.

Je passai la main derrière moi pour abaisser la fermeture éclair de ma robe, je la retirai et la posai sur une table voisine. Puis je retirai mon soutien-gorge et ma culotte.

Quand je tendis la main pour défaire les boucles de mes sandales, Sebastian me dit :

— Laisse-les.

Mes mamelons se hérissèrent en réponse au timbre rauque de sa voix, et ma peau se couvrit de chair de poule.

J'avançai vers le coussin et m'abaissai sur les genoux. Je n'étais pas certaine de comment m'installer, alors j'écartai légèrement les cuisses et posai les fesses sur mes talons comme j'avais vu certaines femmes le faire dans les scènes publiques.

— Magnifique.

Son compliment fut comme un baume pour mes nerfs agités.

Je baissai les yeux vers le sol.

— Regarde-moi. Je ne veux pas que tu aies un jour l'impression que tu ne peux pas me regarder dans les yeux. Nous sommes égaux, Isa. Ça, c'est toi qui me cèdes ton contrôle, en échange du plaisir que je peux te procurer. N'oublie pas. Tout ça, c'est pour toi. C'est toi qui as le pouvoir.

Il s'avança vers moi.

— La prochaine fois que tu t'agenouilleras devant moi comme ça, nous finirons ce que tu as commencé dans la cabine du jet.

Je faillis sourire, mais gardai un visage impassible.

Sebastian me tendit la main, et j'y glissai la mienne. Il me fit marcher jusqu'à la croix de Saint-André, plaçant mon dos contre le centre rembourré. Il souleva mes deux bras, les attachant ensemble avec les menottes qui pendaient en haut, puis se pencha pour lier mes chevilles aux poutres inférieures.

À présent, je comprenais pourquoi il voulait que je porte mes talons. Ils me procuraient la hauteur dont j'avais besoin pour être confortable, sans étirer trop mon corps.

— À tout moment, si tu sens que c'est trop, tu prononces ton mot de sécurité. Nous nous arrêterons, il n'y aura pas de questions.

Il s'était arrêté quand j'avais prononcé mon mot de sécurité lors de notre nuit de noces, alors, je lui faisais confiance. Il ne me pousserait pas plus loin que ce que je ne pouvais gérer. Quand il s'agissait de mon sexe et de ma vie, je pouvais totalement lui faire confiance. C'était sur le reste que nous devions travailler.

— Je le sais bien.

Ses traits s'adoucirent et il passa un pouce sur ma lèvre inférieure avant de me donner un tendre baiser.

— Je ne suis pas doué avec les mots, Isa. Tout ce que je sais, c'est que je ne me suis jamais donné autant à qui que ce soit.

Ma gorge me brûla quand j'entendis l'émotion dans ses paroles. Je ne pouvais qu'espérer qu'un jour il me donnerait tout de lui.

— Je sais.

— Je te protégerai jusqu'à mon dernier souffle.

— Je te protégerai, moi aussi.

— Nous ne devrions jamais en arriver là.

Il m'embrassa à nouveau, et la tendresse présente quelques instants plus tôt disparut, remplacée par un masque de total contrôle.

Il tendit la main vers une table près de la croix où il prit un martinet, semblable à celui que le dominateur avait utilisé avec sa soumise au club. La poignée était noire, et la multitude de queues de cuir était dans des tons rouges.

— Tu es prête ?

— Oui.

— Alors, commençons.

Je m'attendais à sentir la piqûre du fouet. Au lieu de cela, je sentis la poignée lisse frotter mes mamelons, les encercler puis descendre plus bas, jusqu'à ce qu'elle glisse entre les lèvres de mon sexe, effleurant mon clitoris.

Mon intimité fut inondée de désir, et un gémissement s'échappa de mes lèvres.

Il titilla mon corps avec la poignée pendant… je ne sus pas combien de temps, me berçant dans un état de semi-conscience.

Lorsque le premier coup arriva, je ne m'y attendais pas, et je sursautai, secouant mes bras attachés et poussant un cri tandis que la douleur secouait mon organisme. Tout aussi vite, cela se transforma en une douce sensation.

— Respire, bébé.

Je relâchai le souffle que je n'avais pas réalisé retenir.

Mon corps était en feu, et j'en voulais plus.

— Encore, Baz.

Le coup de fouet suivant embruma mon esprit, à la fois par la douleur et par le plaisir. N'avais-je jamais ressenti quelque chose d'aussi incroyable ? Cette piqûre, j'allais en avoir envie, encore et encore.

Sebastian entama un tempo de coups qui me firent me cambrer à chaque baiser des lanières de cuir. Chaque centi-mètre de ma peau exposée était en feu et brûlait d'un mélange de plaisir et de douleur tel que je n'en avais jamais imaginé.

— Veux-tu que je m'arrête ? Dis simplement le mot.

Était-il fou ?

Mon sexe dégoulinait de désir pour cet homme grâce à ce qu'il me faisait avec le martinet.

— Non. Je t'en prie, j'en veux plus, le suppliai-je avec ma voix et mes yeux.

Ce fut à ce moment que je remarquai le renflement qui

tendait le pantalon de Sebastian. Il était aussi affecté que moi par cette situation.

— Comme tu veux, mon amour.

Il continua de me faire perdre la tête avec le baiser du martinet. J'avais l'impression d'être sur le point de jouir à tout moment.

— Je t'en prie, Baz. Je veux… Je veux…

Je me débattis contre la croix, perdue dans un désir insensé.

Sebastian laissa tomber le martinet, et la pression de l'avant de son corps sur ma peau douloureuse fut si intense que des larmes ruisselèrent sur mon visage.

— Qu'est-ce que tu veux ?

— Toi. S'il te plaît. À l'intérieur de moi.

— Comme tu veux, répéta-t-il, reculant pour retirer ses vêtements, revenant vers moi une fois nu.

Il pressa le bout épais de son membre contre mon intimité détrempée.

— Merde ! Tu dégoulines.

Il s'enfonça jusqu'à la garde avant de ressortir et de me pénétrer de nouveau.

Il me prit vite et fort, me propulsant vers l'extase.

Mon ventre enserra son sexe qui me pilonnait, trembla, pris de spasmes.

Il avait un rythme effréné qui me faisait passer d'un orgasme à l'autre.

Au moment où Sebastian jouit, je n'avais plus toute ma tête et j'étais perdue dans l'expérience la plus incroyable de ma vie.

Sebastian

Je tins Isa contre moi alors que nous sortions du club. Elle planait encore après notre scène. Je l'avais laissé faire une sieste dans mes bras pendant une heure, après l'avoir descendue de la croix et avoir pris soin de son corps, l'avoir baignée et habillée. Nous avions pris un repas léger pour l'aider à surmonter le choc de la montée d'endorphines.

Cette femme m'acceptait, elle acceptait toutes mes facettes, même celles qui allaient à l'encontre du monde dans lequel nous vivions. Quelle que soit la raison pour laquelle *Opa* et Maman avaient arrangé mon mariage avec Isa, je leur en serais éternellement reconnaissant.

Elle était vraiment la femme parfaite pour moi.

Pendant qu'Isa dormait, je sollicitai mes contacts à Interpol pour voir s'ils pouvaient m'aider avec la menace pesant sur Isa, et garder un œil sur Jonas.

La seule manière pour lui de reprendre le pouvoir, c'était de me descendre et, pour cela, il avait besoin de quelqu'un à l'intérieur de mon organisation. Et j'avais fait le ménage. Seuls les plus fiables de mes hommes avaient des informations sur mes allées et venues.

S'il y avait des taupes dans la hiérarchie, ils n'étaient pas dans les plus hauts rangs, et n'avaient qu'un accès limité à ce genre d'informations. Je finirais par les déloger.

Pour le moment, j'allais accorder à Isa du temps avec ses amis, qui se trouvaient être mes amis aussi. Ensuite, je lancerais le plan pour abattre Jonas, les Russes, ou quiconque nous menacerait.

— Baz, dit Isa alors que nous sortions de l'hôtel et que nous nous dirigions vers la promenade latérale menant au spectacle des fontaines qui allait commencer dans un autre complexe du *Strip*.

— Oui ?

— Je veux que notre mariage fonctionne. Je ne veux pas du genre d'union qu'ont eu tes parents.

Penser à la douleur et à la souffrance que ma mère avait endurées me donnait envie de retrouver Jonas et lui tirer une balle dans la tête.

— C'est une promesse que je peux facilement te faire. En dehors du fait qu'il est arrangé, notre mariage n'a rien de commun avec celui qu'ont eu Maman et Jonas. Il n'y a jamais eu un seul jour d'amour entre eux. Il n'a jamais ressenti pour ma mère une once de ce que je ressens pour toi.

— Qu'est-ce que tu ressens pour moi ?

C'était le moment. Elle voulait les mots.

Je plongeai dans les piscines bleues de ses yeux.

— Je t'aime, Isa. Plus que tu ne pourras jamais l'imaginer.

— Je le sais déjà, dit-elle avec un immense sourire. Je voulais juste t'entendre le dire.

— Tu m'as fait subir tout ça alors que tu savais ce que tu représentais pour moi ?

Elle se hissa sur ses orteils et m'embrassa.

— Ne fais pas cette tête-là. Une femme a besoin d'entendre ces choses.

Elle ajusta son sac et passa les bras autour de ma taille, enfouissant son visage contre ma poitrine.

J'attendis qu'elle prononce les mots à nouveau, mais ils ne vinrent pas. Je ne pus m'empêcher d'être déçu.

Elle m'aimait. Je le savais, mais je lui avais fait du mal en lui cachant des choses, et il me faudrait du temps avant de regagner sa confiance et lui faire avouer qu'elle m'aimait.

— Allez, bébé. Nous avons encore cinq minutes de marche avant d'arriver à l'endroit où la vue est la meilleure.

Isa s'écarta de moi et passa son bras sous le mien.

Nous n'avions pas fait deux pas quand Isa écarquilla les yeux en disant :

— Que fait Kane ici ?

Je tournai le regard vers l'endroit où elle regardait, et aperçus l'homme qui gérait plusieurs de mes entreprises. Il était censé être au milieu d'un bilan trimestriel des dépenses, pas en vacances. Et ce ne pouvait pas être une coïncidence qu'il soit à Las Vegas au moment où Isa et moi y étions.

La seule manière pour lui de savoir où nous étions, c'était que Lilly le lui ait dit. Mais elle ne trahirait pas Isa.

— Il a une arme ! s'écria l'un de nos gardes du corps. Bougez !

Avant que je ne puisse réagir, Isa plongea la main dans son sac, sortit le pistolet que nous avions acheté plus tôt dans la journée, visa et tira.

Au même moment, nous fûmes plaqués au sol, alors que d'autres tirs résonnaient autour de nous.

— Boss, restez à terre !

Les cris résonnèrent jusqu'à ce que le silence retombe. J'eus l'impression que le bruit incessant de Vegas s'arrêtait.

— Nous l'avons ! dit une voix américaine. La zone est sécurisée.

Ce devait être l'un des hommes des frères Lykaios.

Le corps sur mon dos se souleva, et je bougeai pour ne plus peser sur Isa.

— Bébé. Est-ce que tu vas bien ?

— Ça va. Je vais bien, siffla-t-elle. Baz, j'ai appelé Lilly aujourd'hui pour parler d'un projet.

Elle pensait à la même chose que moi. Lilly, ou quelqu'un d'autre, avait renseigné Kane.

— Je sais que Lilly n'a pas fait ça. Elle est naïve. Elle… commença Isa, mais elle ne termina pas sa phrase et ferma les yeux.

Ce fut alors que je vis du sang sur ma main, là où elle était posée, sur son flanc.

Kane lui avait tiré dessus. Cette pourriture lui avait tiré dessus.

Tout en moi mourut à cet instant.

. . .

⁎
⁎⁎

Il y avait une chose dont j'étais sûr : Kane Mancheski était un homme mort. Tout comme les gens pour qui il travaillait. Si Isa n'avait pas été allongée ici, immobile, j'aurais été dans la pièce en train de deviner tout ce qu'il y avait à savoir sur cet enfoiré. J'avais fait confiance à ce bâtard pendant des années. Bon sang, son père fut un membre de confiance du cercle restreint d'*Opa*.

Au lieu de faire preuve de loyauté envers la famille, il nous avait trahis. Et pire encore, il s'était servi d'Isa comme d'un moyen pour m'atteindre.

Je serrai la main d'Isa alors qu'elle était alitée dans la clinique de fortune qu'Ana et Adrian avaient aménagée pour nous, dans une aile de leur manoir, dans le désert de Vegas.

Les frères Lykaios nous avaient fourni la couverture dont nous avions besoin pour échapper au chaos qui avait suivi la fusillade au *Strip*. La police comme les médias avaient envahi la zone. Mais, heureusement, Adrian avait mis à profit ses compétences techniques pour effacer toutes les bandes de vidéosurveillance des environs. Et, il était allé jusqu'à nettoyer toute trace du sang d'Isa sur le béton, là où nous étions tombés.

— Ça va aller pour elle, Weber, me dit Adrian en entrant dans la pièce. La balle a traversé tout droit. C'est normal après une perte de sang importante. De plus, elle a une blessure à la tête à cause de la chute.

Je le fixai.

— Est-ce que ça a fait la moindre différence pour toi quand Ana a été blessée ? Dis-moi que tu n'as pas eu envie de ressusciter cet enfoiré alors qu'elle l'avait déjà tué, pour pouvoir l'achever toi-même ?

J'étais incapable de dissimuler la rage qui me submergeait.

— Je ne dirais pas ça. J'aurais buté cet enfoiré une seconde fois pour l'avoir touchée. Tu dois comprendre qu'Isa est forte, tout comme Ana.

— Vous avez réussi à en tirer quelque chose de cette ordure ?

Je serrai le poing de mon autre main.

Après que mes soldats nous avaient fait quitter, Isa et moi, la promenade très visible autour de l'*Ida*, je n'avais plus eu qu'une seule idée en tête : faire en sorte qu'Isa vive. Je savais qu'Adrian userait de tous les moyens nécessaires pour obtenir des informations de Mancheski.

— Tu ne vas pas aimer ça.

— Comme s'il pouvait y avoir la moindre chose que j'apprécie dans toute cette situation.

— Jonas et Malkovich sont derrière ça.

— Ce n'est pas une nouvelle pour moi.

— Non, c'était un coup monté depuis le début. La mère de Mancheski est une cousine éloignée de Malkovich. Il a pris pour cible Lilly, l'amie d'Isa, avant que Jonas ne t'impose le mariage.

— Pourquoi cet enfoiré ferait-il une chose pareille ?

— Je vais te raconter l'histoire telle que Mancheski nous l'a rapportée, et tu me diras si ça a du sens.

Très bien. Je regardai Isa, qui n'avait pas bougé d'un pouce depuis que je l'avais déposée sur le lit hier.

Au cours des vingt minutes suivantes, Adrian me relata une histoire de famille que je connaissais déjà, mais pas en détail.

J'étais bien conscient que le mariage de ma mère et de Jonas leur avait été imposé. Mais je n'avais pas réalisé que Maman l'avait accepté pas désespoir. Elle était censée se marier avec Andrew, la semaine où il avait été tué, et, quelque temps plus tard, elle avait découvert qu'elle était enceinte.

De moi.

D'après l'histoire qu'Adrian me raconta, Jonas avait cru que j'étais son enfant jusqu'à la naissance de ma sœur, Hannah. Elle lui ressemblait comme deux gouttes d'eau, tandis que j'étais le portrait craché de mon oncle, Andrew.

Cette information aurait dû porter un coup à tout ce que je savais, mais elle ne faisait que renforcer la raison pour laquelle l'homme qui était censé être mon père me détestait.

Jonas m'avait traité comme un fardeau indésirable. Les seules fois où il ne m'avait pas traité comme un moins que rien, c'était quand *Opa* avait été dans les parages. *Opa*, de son côté, m'avait traité comme son héritier depuis ma plus tendre enfance, allant même jusqu'à me former afin de gérer l'entreprise avant de s'occuper de Jonas.

— Qu'est-ce que tout cela a à voir avec le contrat sur Isa ? Je sais que Jonas avait pour projet de la remettre à Malkovich.

Adrian secoua la tête.

— Le contrat n'était pas sur Isa. Il était sur toi. En fait, il y a une heure, nous avons découvert au moins dix contrats sur le Darknet.

— Alors, qu'est-ce qu'Isa a à voir avec ça ?

— Isa était la récompense pour avoir rempli le contrat. Malkovich la voulait depuis que sa famille l'a fait débuter dans la société. Elle était tout aussi époustouflante à seize ans qu'elle l'est aujourd'hui.

» Apparemment, Benz s'est offusqué que Malkovich veuille négocier un mariage avec sa fille adolescente, surtout à cause des rumeurs qui circulent sur sa façon de traiter ses maîtresses. Benz est peut-être un salaud sans pitié, mais il ne vendrait jamais son unique enfant à une ordure comme Malkovich, quelle que soit la récompense. Isa est la raison de la rivalité Benz-Malkovich.

L'idée que Malkovich puisse toucher un seul cheveu d'Isa m'était insoutenable.

— Quel est le rapport avec notre situation actuelle ? Cela n'a aucun sens.

— Mec, tu ne peux pas être aussi idiot. Je comprends que tu n'aies pas toute ta tête avec ce qui est arrivé à Isa, mais quand même. Tu es le meilleur stratège que je connaisse.

— Ne m'oblige pas à te frapper, abruti. Crache simplement le morceau.

— Jonas n'obtiendra rien en tant qu'oncle. Tu es l'héritier Weber depuis ta naissance. Ton grand-père le savait, tout comme ta mère. Le contrat de mariage entre Isa et toi avait pour but de la protéger, elle, de Malkovich, et toi, de

Jonas. Ne va pas croire une seule seconde que Jonas n'était pas au courant du contrat de mariage auparavant. Ce truc a été bien trop savamment orchestré.

Je tentai d'intégrer tout ce qu'Adrian avait dit. Dans le cadre du contrat de mariage, Jonas héritait de millions. Sans lui, il n'obtenait rien en dehors du fonds qu'*Opa* avait créé pour chacun de ses fils. Il restait le fils de réserve. Et Jonas n'était pas le genre d'homme à se faire une place sans exploiter le nom de la famille comme l'oncle Fredrik l'avait fait.

En tant que père et chef de famille retraité, même si ce n'était que sur le papier, il recevrait ce qui lui était dû. En mettant un contrat sur moi, il récupérait l'argent et retournait à la tête de la structure familiale.

Jonas n'était pas le genre à faire lui-même le sale boulot. Il était conscient que tout lien entre lui et ma mort lui causerait plus de tort que de bien, et l'exposerait à des représailles de la part de l'organisation Weber.

L'argent était l'unique motivation de Jonas dans la vie. Il ne faisait aucun doute dans mon esprit que le contrat sur la tête de Maman était la conséquence du fait qu'il savait que je n'étais pas son enfant. Il voulait éliminer quiconque était en mesure de prouver la vérité.

Cet enfoiré devait mourir.

— Ma femme et Lilly n'étaient que des pions dans le jeu de Jonas.

Je gardai un ton calme, espérant apaiser la colère qui bouillonnait en moi.

Il était temps de se débarrasser de Jonas Weber pour de

bon. Et de Malkovich. Cet enfoiré allait assister à la chute de son organisation avant que je ne m'occupe de lui.

— Oui, dit Adrian en se passant une main dans les cheveux. Merde, je sais à quoi tu penses.

— Ne songe même pas à intervenir.

D'abord, j'allais m'occuper de Mancheski, puis de Jonas et de Malkovich. Il y avait assez de gens disséminés dans le monde qui me devaient une faveur ou deux. Je prévoyais de récolter mon dû.

— Merde, Sebastian. Tu es d'Interpol, un foutu flic.

— Qui a enfreint les lois de presque tous les pays pour s'assurer de mener à bien sa mission.

Adrian poussa un soupir résigné.

— Tu sais qu'Ana va me botter le cul.

— Je ne te demande pas ton aide. Reste auprès de ta femme enceinte. Elle a besoin de toi ici.

— Tu te trompes. Elle va me coller son pied au cul parce qu'elle ne peut pas participer.

Je souris, sachant qu'Isa aurait sûrement eu la même réaction. Pensant à elle, je la regardai.

Elle dormait encore, mais les cernes sombres sous ses yeux étaient moins visibles. Elle avait besoin de repos et elle n'était pas en état de supporter le voyage retour. L'endroit le plus sûr pour elle, c'était ici, sous la protection d'un agent de Solon à la retraite. Enceinte ou non, Ana était dangereuse.

Et il y avait ses frères qui ne laisseraient jamais rien arriver à Isa.

— Tu sais que nous allons devoir salement ramper

quand nous reviendrons auprès de nos femmes, dit Adrian, comprenant ce que j'avais planifié et décidant de se joindre à moi.

— Ramper, ça mène à des relations sexuelles phénoménales. Je vais tenter le coup.

CHAPITRE
Vingt

Isa

— Rentre à la maison, *Schatz*, dit Maman au téléphone, alors que j'attachais la ceinture de mon manteau et que je m'appuyais sur le balcon de ma chambre, dans la maison d'Ana.

Après tout ce qui s'était passé, j'avais maintenant une meilleure compréhension des raisons pour lesquelles *Opa* et elle avaient arrangé mon mariage avec Sebastian. C'était sa façon de me protéger. Son bébé. Son seul enfant.

J'avais passé une grande partie des huit derniers mois en colère contre elle, et après une conversation avec Sebastian, tout avait disparu. Nos mères et nos grands-pères avaient essayé de nous garder en vie, Sebastian et moi.

Cela aurait été génial si j'avais été au courant de tout ce qui s'était passé à l'époque. Il aurait également été préférable que j'apprenne cette information de mon mari, avant qu'il ne parte en « mission », comme il l'avait dit.

Mais je ne pouvais pas le lui reprocher. Je n'avais pas été consciente quand Adrian et lui étaient partis pour s'occuper de Jonas et de Malkovich.

Je ne m'étais réveillée que deux jours après le départ de Sebastian pour l'Allemagne, et il m'avait fallu deux semaines de plus pour me remettre de ma blessure par balle et de ma commotion cérébrale.

Aujourd'hui, cela faisait deux mois qu'Ana et moi n'avions pas revu nos maris. Nous étions épuisées de nous inquiéter en permanence pour nos hommes. C'était pire pour Ana, elle était presque à terme, et traversait certaines étapes de la grossesse sans Adrian. Elle avait sa famille de dingues autour d'elle, mais ce n'était pas la même chose que d'avoir son mari.

— Bientôt, Maman.

— Au moins, dis-moi où tu es. Sais-tu à quel point nous sommes inquiets ? *Oma* passe tout son temps à la chapelle pour prier, et ton père… commença-t-elle avant de faire une pause, comme pour reprendre contenance. Il n'est pas lui-même.

Sebastian m'avait dit, lors d'une de mes premières conversations avec lui, après son arrivée en Allemagne, que Papa était prêt à faire la guerre à Malkovich lorsqu'il avait appris qu'on m'avait tiré dessus. Il était allé jusqu'à convoquer une réunion avec tous les chefs des familles alliées pour rassembler le soutien nécessaire à une prise de pouvoir sans représailles.

Heureusement, Sebastian avait calmé Papa pour éviter

ce qui aurait pu être un combat très public et très brutal, avec Dieu sait combien de victimes. Ce qui aurait eu pour conséquences d'impliquer les autorités et d'entraîner des problèmes pour tout le monde. Sebastian avait convaincu Papa de faire comme si de rien n'était, tandis que lui se servait de ses relations pour faire tomber l'organisation de Malkovich de l'intérieur.

Il ne m'avait pas donné plus d'informations. Il voulait me tenir à l'écart.

Je me contentais de me cacher. De rester confinée dans la propriété d'Ana et d'Adrian, avec leur service de sécurité haut de gamme et leur personnel. À dire vrai, ce n'était pas difficile d'être dans le manoir.

Au moins, j'étais en mesure de communiquer avec le personnel de mes clubs pour gérer les opérations. Ce qui aidait sans doute, c'était le fait que Sebastian se rendait régulièrement dans chaque lieu pour s'assurer que tout fonctionne parfaitement bien.

Sebastian me manquait tellement. Et les appels sporadiques ne suffisaient pas. Je m'inquiétais pour lui et le remerciais de ce qu'il faisait pour que je sois de nouveau en sécurité. Il ne s'arrêterait pas avant d'avoir atteint son objectif.

Ce temps passé loin l'un de l'autre me fit aussi comprendre que je lui faisais confiance. Avec ma vie, mon corps et mon cœur.

Depuis la dernière fois où nous nous étions vus, et qu'il m'avait dit qu'il m'aimait, il avait terminé chacun de ses appels par ces mots.

Je m'étais retenue.

Je l'aimais, sans le moindre doute, mais j'avais peur de le dire et de souffrir encore.

— Je suis désolée, Maman. Je ne peux pas.

— Lui as-tu parlé ?

— Oui. Il m'appelle presque tous les soirs.

Même si, cette fois, il avait disparu plus longtemps. Trois jours, en fait.

— Les rumeurs sont donc vraies. Il fait tout ça pour toi.

— Il fait tout quoi ?

D'après mes recherches quotidiennes, les guerres de territoire battaient leur plein dans les grandes villes d'Allemagne. Ce n'étaient pas des guerres à proprement parler, mais des assauts stratégiquement planifiés contre des acteurs majeurs, où les pertes humaines étaient les plus faibles possibles. Il ne restait jamais de dégâts à nettoyer ; pour le public, il n'y avait rien de plus que la conscience sous-jacente que quelque chose s'était passé.

— Il ne te l'a pas dit ?

— Me dire quoi ?

— Le corps de ton beau-père a été retrouvé hier soir.

Mon estomac se contracta. Peu importait que Jonas ne soit pas le père de Sebastian, ou qu'il ait été responsable de la mort de la mère et de la sœur de Sebastian. Je ne voulais pas qu'il meure des mains de ce dernier.

— Comment ?

— Malkovich. D'après ce que j'ai entendu, Malkovich reprochait à Jonas d'avoir apporté la guerre sur son territoire. Le corps de Jonas s'est échoué sur la rive de la rivière Spree.

Je ne devrais pas avoir l'impression que son sort était le même que celui de sa femme et sa fille.

— Et Malkovich ? Est-ce qu'il est vivant ?

— Oui, malheureusement, il est vivant.

Sa manière de le dire me fit comprendre à quel point elle détestait cet homme.

— Alors, il s'en sort malgré ce qu'il nous a fait. Après envoyé Kane à nos trousses. Après ce que Kane a fait à Lilly ?

J'avais mal au cœur pour ma meilleure amie. Elle était en train de se replier sur elle-même. Elle s'en voulait d'avoir fait entrer Kane dans nos vies. Une fouille de l'appartement de Lilly avait permis de découvrir plusieurs appareils d'enregistrement et de transmission. Sans s'en rendre compte, elle avait transmis des informations clés à mon sujet et sur ma relation avec Sebastian. Je n'étais pas certaine que Lilly se pardonnerait un jour pour ça.

— Non, il ne s'en est pas tiré, dit une voix profonde dans mon dos. J'ai veillé à ce que Malkovich ne soit plus un problème, ni maintenant ni à l'avenir. Et, comme tu le sais, le père de Lilly s'est occupé de Kane.

Je me figeai, et ma peau me picota.

— Maman, il faut que je te laisse.

— Qu'est-ce qui se passe ? Est-ce que tout va bien, tu es en sécurité ?

— Oui, je ne pourrais pas l'être plus.

Sans rien ajouter, je raccrochai et me tournai.

Sebastian était appuyé contre l'encadrement des portes du balcon. Il avait une ecchymose en voie de guérison sur la tempe, et une sur la joue. La barbe de trois jours qu'il arborait avant était maintenant bien fournie, ce qui lui donnait presque l'air d'un pirate.

— Baz, dis-je d'une voix brisée.

— Tu as tiré sur un homme.

— Oui. Et je recommencerais.

Les coins de ses lèvres se relevèrent.

— Tant qu'il ne s'agit pas de moi, je n'y vois aucune objection.

Je fis un pas vers lui, quand il leva une main pour m'arrêter.

— J'ai une requête.

— D'accord.

— La prochaine fois que je te dirai que je t'aime, tu n'as pas le droit de te faire tirer dessus. Mon cœur ne pourrait pas le supporter. Et…

— Et quoi ?

— Il faut que tu me dises que, toi aussi, tu m'aimes.

— Ça ne me pose aucun problème.

Mes lèvres tremblèrent alors que les émotions des dernières semaines semblaient revenir en force.

Jamais plus je ne voudrais être séparée de lui. Pas comme ça, en tout cas.

Sebastian s'avança vers moi et m'enveloppa de ses bras.

— Bon sang, bébé. Tu m'as manqué.

Mes larmes coulèrent alors que je m'accrochais à lui.

— Je t'aime, Isa.

Cette fois, je n'allais pas me retenir. Il avait besoin de ces mots tout autant que moi.

Je reculai pour le regarder dans les yeux.

— Je t'aime. Plus que tu ne pourras jamais l'imaginer. Le bon, le mauvais, et le Baz.

Il sourit doucement.

— Et le Baz ?

Il me porta jusqu'à un fauteuil surplombant le désert et s'assit, avec moi sur ses genoux.

Je ne pus que lui retourner son sourire.

— C'est trop ?

— Absolument pas.

Il me serra contre lui, collant mon visage contre sa poitrine.

— Est-ce qu'Adrian est revenu avec toi ?

— Oui. Il est avec Ana, dit-il.

Puis il fit une pause, sourit, et ajouta :

— Il est en train de ramper.

Ana m'avait dit au cours des dernières semaines qu'elle allait faire travailler Adrian très dur pour le faire revenir dans ses bonnes grâces. Ce qui, dans son jargon personnel, était synonyme de sexe. En espérant que cela ne déclenche pas le travail.

Je repoussai cette pensée et me concentrai sur l'homme qui me tenait dans ses bras.

— En parlant de ramper, je crois qu'il va falloir que tu t'y mettes.

— Je viens de passer le dernier mois à nettoyer les dégâts d'une guerre des territoires. Je te promets que je n'ai participé à aucune activité impliquant que je doive ramper.

— Tu es parti sans un mot.

Je me déplaçai jusqu'à pouvoir le chevaucher, posant un

genou de chaque côté de ses cuisses, et passant les bras autour de son cou.

Sebastian empoigna ma taille.

— Je te répondrais que tu étais endormie et que tu n'étais pas en mesure d'être consultée.

— Ces aspects techniques ne sont pas importants.

— Comment veux-tu que je rampe ? Tu n'as qu'un mot à dire, et je m'exécute.

J'y réfléchis une seconde et lui dis :

— J'aimerais une autre soirée au club de l'*Ida*.

Les yeux de Sebastian s'enflammèrent, provoquant un picotement au creux de mon ventre.

— Et qu'en est-il de celui que tu as visité à Berlin ? Je connais le propriétaire.

Je me léchai les lèvres et me penchai en avant pour frôler sa bouche de la mienne.

— Jouons ici, aujourd'hui. Demain, nous visiterons celui de Berlin.

— Tout ce que tu voudras, *Prinzessin*. Tes désirs sont des ordres.

Êtes-vous prêts à en savoir plus sur la famille Lykaios ?
Préparez-vous à l'aventure d'ennemis à amants de Nyx et
Simon dans Le Maître du Destin

Lisez le roman où tout a commencé, l'histoire d'amour
interdite entre Penny et Hagen: Le Maître du Péché

. . .

Le Maître du Destin

Il était mon ennemi, étudiant mes secrets et contrôlant ma liberté.

Je suis née pour jouer un personnage, pour vivre selon certaines règles, pour remplir un rôle spécifique. Et personne ne sait que c'est un mensonge.

Sauf lui.

Simon Drakos est le côté sombre, le danger, le lien avec une vie que je cherche désespérément à fuir. Il est tout ce que je ne devrais pas désirer et l'appât auquel je ne peux résister.

D'un seul regard, il a mis le piège en place. Après un baiser,
je suis captive.

Désormais, nous sommes prisonniers d'un jeu où perdre
n'est pas une option, mais gagner implique ma soumission
totale.

FIN

Les Dieux de Vegas ~ 1

Le Maître du Péché

Le Maître du Péché

Ça a toujours été lui…

Celui que je ne devrais pas vouloir, pas désirer, celui qui pourrait détruire cette vie que j'ai soigneusement construite.

Hagen Lykaios était l'essence même du péché, du plaisir, et du danger… tout ce que savais devoir éviter.

Il a suffi d'un contact inattendu pour que je consume, supplie, en manque, et avide de plus encore.

Il m'a dit que si je pénétrais dans son monde, il me corromprait, me posséderait, et changerait tout ce que j'avais toujours connu… Et vous savez quoi? J'y suis allée quand même.

https://geni.us/LeMaitreduPeche

À propos de Sienna Snow

Puisant l'inspiration dans ses années passées à travailler dans le monde de l'entreprise aux États-Unis, Sienna aime raconter des histoires de femmes accomplies et sûres d'elles, qui savent ce qu'elles veulent et comment l'obtenir… Que ce soit dans la chambre à coucher, ou en dehors.

Ses héroïnes pleines de vie et bien éduquées trouvent souvent l'amour et la romance dans des conditions atypiques. Sienna offre à ses lectrices et lecteurs des tranches alléchantes de romance torride, empreintes de liberté et de plaisirs gourmands.

La vie de Sienna est pleine de voyages et d'aventures. Elle prévoit de visiter même les coins les plus reculés du monde et se réjouit de découvrir la diversité des cultures en route. Quand elle n'écrit pas ou ne voyage pas, Sienna s'occupe de son conte de fées personnel aux côtés de son mari et de ses enfants.

Inscrivez-vous à sa newsletter pour être informé des sorties, promotions, des événements et de bien d'autres choses encore.

www.SiennaSnow.com

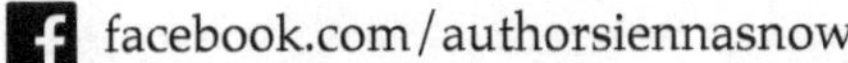 facebook.com/authorsiennasnow

 tiktok.com/@authorsiennasnow

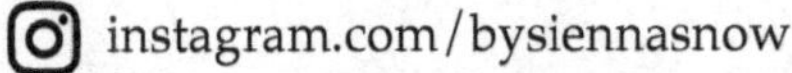 instagram.com/bysiennasnow

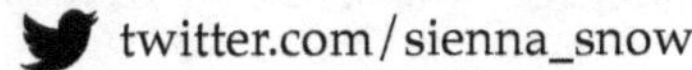 twitter.com/sienna_snow

Livres de Sienna Snow

<u>Les Dieux de Vegas</u>

Le Maitre du Péché

Le Maitre des Jeux

Le Maitre de la Vengeance

Le Maitre des Secrets

Le Maitre du Controle

Le Maitre du Destin

Notes

CHAPITRE 15

1. Les *Ocean's* sont une série de films américains, les trois premiers volets ont été réalisés par Steven Soderbergh, le quatrième par Gary Ross, en 2001, 2004, 2007 et 2018 aux États-Unis.